聞いて学ぼう！
ニュースの日本語2

快樂聽學新聞日語2

日本語でニュースを聞いて
日本の「今」を知る!!

東京スカイツリー　タニタ食堂　Google検索ランキング　100歳以上高齢者

ネット断食　半沢直樹　マレーシア機行方不明　東京オリンピック　ビットコイン

大学秋入学　サラリーマン川柳　メタンハイドレート　荒れる成人式

南海トラフ巨大地震　放射線セシウム　うどん発電　iPS細胞　レアアース　巨大竜巻

富士山世界遺産　金融緩和　ゴーストライター　PC遠隔操作　AKB48

80歳エベレスト登頂　奇跡の一本松　メニュー偽装　休眠口座　乳がん予防切除

自動走行車　レッドリスト　バイオエタノール　メジャー移籍　ツイッター……

附MP3 CD

加藤香織　編著
林　彦　伶　中譯

鴻儒堂出版社發行

はじめに

　テレビやインターネットなどで日本のニュース番組を見て、難しくて聞き取れないと感じたことのある人は少なくないと思います。日本人の友達と話すときは、けっこう聞き取れるのに、どうしてだろう？という疑問を持っている人もいるかもしれません。聞き取れない理由は簡単です。ニュースでは、普段の会話では使わないような用語がたくさん使われているからです。逆に言うと、ニュースで使われる用語さえ知っていれば、ニュースを聞き取るのはそれほど難しくないという言い方もできるでしょう。

　例えば「しょうせんきょくせい」——このように平仮名で書いてあるのを見ただけで、或いは耳で聞いただけで、何のことかわかる人は、あまり多くないかもしれませんね。でも、もし「小選挙区制」と漢字で書いてあるのを見れば、もちろんすぐに意味がわかると思います。ここがまさに落とし穴です。私たちは、漢字で書いてある語を見て、ついつい、その言葉はすでに自分が知っている言葉だと思って、安心してしまいます。しかし、漢字を見ずに、聞いただけですぐに何のことかわかるのでなければ、本当にその言葉を知っていることにはなりません。ぜひ本書で、報道によく使われる定番の言葉や、最新の時事用語を覚えて、付録のCDを何度も聞き、ニュースを聞き取るコツをつかんでください。

　最後になりましたが、再びこのような本を出版する機会を与えてくださった鴻儒堂出版社の黄成業社長、並びに、今回も出版にあたりご尽力くださったスタッフの皆様に、心から感謝の意を述べさせていただきます。

著者

序

　　在電視或網路上看到日本的新聞節目時，相信很多日語學習者都會感到內容難以理解。和日本朋友們談天時，幾乎都沒有問題的。是為什麼呢？這是因為新聞中用了很多平時在對話中不常使用的詞句，反過來說，若是掌握了新聞用語，要理解新聞內容也並非難事了。

　　舉例來說，「しょうせんきょくせい」——光是看平假名或是只用聽的，能馬上理解其意的人應該不多；但若寫成漢字「小選挙区制」，一眼就能夠明白了。我們注目於寫成漢字的詞句，一不小心就會以為了解這個詞語了。這就是個盲點。但若是不看漢字，只憑聽力即無法了解的話，就不算是真正理解該詞語的意思。請務必利用本書，並配合本書附錄的MP3 CD，反複聽取，以期掌握新聞中頻繁出現的常用辭句，及最新的時事用語。

　　最後感謝鴻儒堂出版社的黃成業先生，以及編輯部的同仁，讓本書有機會得以出版，在此至上最深的謝意。

著者

本書の使い方

1．まず、ニュース本編の後ろのページ（偶数ページ）下側にある

用語をチェックしましょう。

少し難易度の高い単語や言い回し、新しい用語などが説明してあります。

2．次に、ニュース本編を聞いてみましょう。

全部の内容がわからなくてもかまいません。まずは何に関するニュースなのか、およその内容がつかめればOKです。

3．後ろのページ（偶数ページ）の中国語訳を読んで、ニュースの内容を理解しましょう。

4．もう一度、ニュース本編を聞いてみましょう。

5．次に、表のページ（奇数ページ）にある、日本語のニュース記事の内容を読みます。

どの部分が聞き取れなかったのか確認しましょう。

6．最後にもう一度、ニュース本編を聞きましょう。

目　次

社　会　　　　　　　　　　　　　　　　　1

スポーツ・文　化　133

科　学　　　　　　153

ジャンル1

社　会

オウム事件、すべての裁判が終結

日本国内だけではなく、世界中を震撼させた①無差別②テロ「地下鉄サリン事件*1」から16年。11月21日、オウム真理教の元幹部・遠藤誠一被告（51）に対して、最高裁判所が死刑の判決を③下し、オウム信者の刑事裁判はすべて終了しました。オウム真理教は、「地下鉄サリン事件」「松本サリン事件*2」「坂本堤弁護士殺害事件*3」など、数々の残虐な事件で計29人の命を奪い、一連の事件の裁判で死刑を④言い渡された元信者は、これで13人になりました。

しかしすべての裁判が終了した現在も、解決されずに残っている問題はたくさんあります。オウムの元代表・松本智津夫死刑囚（56）は、結局裁判中一度も事件について説明をすることはなく、現在逃亡中の容疑者も3人います。また、教団は「⑤アレフ」「ひかりの輪」と名前を変えて現在も活動を続けていて、公安庁によると、両団体の信者は国内に約1,500人、ロシアにも約140人いるといいます。

社会

奧姆眞理教　全案審判終結

　　不只日本國內，也震撼全世界的「地鐵沙林毒氣案」發生至今已16年。最高法院11月21日宣判，被告奧姆眞理教前幹部遠藤誠一（51歲）死刑定讞，爲奧姆教徒的刑事審判畫下句點。奧姆眞理教曾策動「地鐵沙林毒氣案」、「松本沙林毒氣案」、「坂本堤律師殺害案」等多件凶殘犯行，總共奪走29條人命。在這一連串案件的審判中，遠藤誠一是第13名被判死刑的教徒。

　　雖然審判已全數終結，但至今仍留有許多未解決的問題。被判死刑的奧姆教主松本智津夫（麻原彰晃，56歲）終究對案件三緘其口，而且仍有3名嫌犯在逃。此外，該宗教團體也改名「Aleph」及「光之輪」，持續活動中。據公安廳調查，這兩個團體的信徒在國內約有1500名，在俄羅斯也有140名左右。

＊1　1995年3月20日，奧姆眞理教在東京地鐵不同車廂內施放沙林毒氣，造成乘客及車站人員計13人死亡，受傷人數高達6300人。

＊2　1994年6月，奧姆眞理教在長野縣松本市的住宅區施放沙林毒氣，造成7人死亡，660人受傷。

＊3　坂本堤律師致力營救奧姆眞理教受害人，奧姆眞理教於1989年11月殺害坂本堤和他的妻子、長子，並將3人遺體埋在山中。

①無差別：本指無差別、平等，這裡指隨機、無特定目標
②テロ：指テロル＝terror〈恐怖攻擊〉，也指テロリズム＝terrorism〈恐怖主義〉
③下し：「下す」指有地位或權威者宣布命令等。下（判決、決定等）
④言い渡された：「言い渡す」指以口頭知會判決、決定等
⑤アレフ：＝Aleph，原指希伯來文的第一個字母「א」

「結婚できない」傾向強まる
「彼氏・彼女いない」も過去最多—独身者調査

MP3
004

社会

　11月25日、「①出生動向基本調査」が公表されました。この調査は②厚生労働省の国立社会保障・人口問題研究所が、将来の人口③推計などのために5年ごとに行っているものです。

　それによると「交際している異性はいない」と回答した未婚者は男性61％、女性50％で、男女とも過去最高になりました。また、「いずれは結婚したい」と考えている人は、男女とも9割近くに上るものの、25〜34歳の場合、それでも独身でいる理由として「適当な相手に④めぐり会わない」を挙げる人がもっとも多く（男性46％、女性51％）、「結婚の障害は何か」という質問では、男女ともいちばん多い回答が「結婚資金が足りない」で4割強を占め、こちらも過去最高になりました。1990年代と比べて「自由や⑤気楽さを失いたくない」など自分の意思を挙げる回答が減り、環境や経済的理由などで「結婚したくてもできない」傾向が強まっていると言えそうです。

單身調查──「結不了婚」傾向趨顯
「沒有男女朋友」亦創歷史新高

　　11月25日，厚生勞動省的國立社會保障暨人口問題研究所公布「出生動向基本調查」，這項調查每5年舉行一次，目的在於推算未來人口數量。

　　在這項調查中，回答「目前未與異性交往」的未婚人口，男性佔61%，女性佔50%，兩者都達到史上最高。男女都有近9成的人「希望有一天能結婚」，不過25～34歲仍單身的原因，最多人回答「遇不到合適的對象」（男性46%，女性51%）。「結婚的障礙是什麼」這一題，最多人回答「結婚資金不足」，男女都佔4成以上，這個比例也創新高。和1990年代相比，看得出來「不想失去自由與輕鬆自在生活」這類自主性原因變少，基於環境及經濟因素，「想結婚但結不了婚」的傾向趨於明顯。

①出生動向基本調查：主要調查國民婚姻及生育力的實際狀況及背景條件，以推測人口動向

②厚生勞動省：掌管社會福利、公共衛生、勞動條件等職務的中央政府機關，簡稱「厚勞省」

③推計：推算。依據部分事實或資料，計算出大致的數量

④めぐり会わない：「めぐり会う」指偶然相逢

⑤気楽さ：「気楽」指輕鬆、無憂無慮

①レシピ本大ヒットの②タニタ、食堂をオープン

社会

体重計や体脂肪計などで知られるタニタが、2012年1月に東京・丸の内で食堂をオープンすると発表しました。

同社は「健康機器メーカーの社員が太っていては③示しがつかない」と、1999年、低④カロリーメニューを提供する社員食堂を設置。2010年には、その社員食堂のメニューを紹介したレシピ本『体脂肪計タニタの社員食堂』を出版し、発行部数420万部のベストセラーになりました。平均500Kcal、食塩は3g前後という健康的なメニューですが、味付けや、野菜をたっぷり使うなどの工夫で、満足感があるのが特徴。実際にこのメニューでダイエットに成功した社員も多いといいます。

本を見た人から「実際に食べてみたい」という⑤反響が多かったことから、食堂を開くことを決め、3月からは弁当も販売する予定だといいます。谷田千里社長は「健康維持のため利用してもらい医療費抑制などに貢献したい」と話しています。

百利達食譜熱銷　順勢開餐廳

　　以生產體重計及體脂計等聞名的百利達公司宣布：2012年1月將在東京丸之內開一家餐廳。

　　該公司認為「健康器材製造公司的員工太胖，就無法以身作則」，1999年起開設員工餐廳，提供低熱量餐飲。2010年出版食譜《百利達員工餐廳500卡路里套餐》介紹員工餐廳的菜色，成為發行量420萬本的暢銷書。它的特色是：雖然是平均500大卡，用鹽約3公克的健康料理，不過經過調味及大量使用蔬菜等精心設計，吃起來很有飽足感。據說也有很多員工都靠這些料理成功減重。

　　很多讀者反應「想實際吃吃看」，所以公司決定開設餐廳對外營業，預定3月還要再推出便當。谷田千里社長雄心萬丈地表示：「請大家多多光顧以維持健康，希望我們能對抑制醫療支出有所貢獻」。

①レシピ：recipe。配方、食譜
②タニタ：TANITA〈百利達〉，日本第一家推出家用體重計的公司，也是全球第一家推出體脂肪計的公司
③示しがつかない：不能作榜樣。「示し」指榜樣、表率
④カロリー：calorie。卡路里。熱量單位
⑤反響：（一般人對某事的）反應

16年逃亡のオウム平田容疑者、大晦日に①出頭、逮捕

MP3
○
006

オウム真理教の元幹部で、1995年5月から全国に②特別手配されていた平田信容疑者（46）が、12月31日の夜11時50分ごろ、東京都内の警察署に出頭。指紋の③照合などで平田容疑者本人であることが確認され、1月1日未明、逮捕されました。　一連のオウム事件の裁判は、2011年11月にすべて終了した④ものの、3人の容疑者が依然逃亡中で、平田容疑者はそのうちの1人でした。

　警視庁の調べによると、平田容疑者は95年2月、オウム信者だった女性の兄・仮谷清志さんを車で拉致し、薬物を注射して死亡させた疑いが持たれています。17年近くにわたる逃亡の末、今になって出頭してきた理由について、平田容疑者本人は「事件から時間がたったので⑤一区切りつけたかった」などと話しているということですが、元教団代表である松本智津夫死刑囚の死刑が執行されるのを遅らせるためではないか、という見方もあります。

社会

逃亡16年 奧姆案嫌犯平田信除夕夜投案

　　曾擔任奧姆眞理教幹部，1995年5月起被全國通緝的平田信（46歲），在12月31日晚上11點50分左右，主動到東京都內的警局投案。經指紋比對等驗證確認爲本人後，警方於1月1日凌晨進行逮捕。奧姆案一連串的審判於2011年11月全數結束後，仍有3名嫌犯在逃，平田信就是其中之一。

　　根據東京都警視廳的調查，平田信涉嫌在1995年2月開車綁架奧姆教一名女信徒的哥哥假谷清志，並將他注射藥物致死。爲何在逃亡近17年後投案，平田信本人表示「案件經過這麼久，希望能做個了結」，不過也有人認爲他可能想藉此拖延原教主松本智津夫（麻原彰晃）的死刑執行。

①出頭：（到政府機關、法院）報到、出面
②特別手配：「手配」爲通緝之意。「特別手配」指各地警察機構通緝的嫌犯名單中，因犯行重大且有再犯之虞，而列爲重點搜查者
③照合：核對
④ものの：雖然～但是
⑤一区切りつけたかった：「一区切りをつける」指把事情弄到一個段落、做個了結

Google検索ランキング　「東京電力」が8位に

MP3
007

　アメリカのGoogleが12月16日、検索ランキング「Zeitgeist（ツァイトガイスト）2011」を発表しました。Zeitgeistとはドイツ語で「時代精神」という意味で、このランキングは、単なる検索数の多さではなく、その年に検索数がどのくらい上昇したかで順位が決まります。10位以内に入った言葉では6月に開始された①ソーシャル・ネットワーキング・サービス「Google+」（2位）や、噂になりながら2011年には発売されなかった「iPhone 5」（5位）、10月に亡くなった②アップルの創業者「Steve Jobs」（9位）や「iPad 2」（10位）など、③IT関連のキーワードが目立ちました。

　そんな中、8位に入ったのは「東京電力」で、このランキングに日本語の検索語が④ランクインするのは初めてのことです。発表によると「日本語は、⑤ネットユーザーの4.7%にしか使われていない」ということですが、東日本大震災による事故発生後、日本のほか中国、台湾、香港などでも検索された結果、検索数が前年の1,470%にまで上昇したものと考えられます。

Google關鍵詞排名「東京電力」第8名

　　美國Google12月16日公布熱門關鍵詞搜尋排行榜「Zeitgeist 2011」。Zeitgeist是德文，意指「時代精神」，它不是單憑查詢次數多寡決定排名，而是看這一年查詢次數竄升的情況。前10名的關鍵詞很多和資訊科技有關，包括谷歌6月推出的社群網路服務「Google+」（第2名），還有傳言不斷，最後仍沒在2011年上市的「iPhone 5」（第5名）、10月去世的蘋果電腦創始人「Steve Jobs」〈賈伯斯〉（第9名）、「iPad 2」（第10名）。

　　其中第8名是「東京電力」，日語關鍵字進入這個排行榜還是頭一遭。Google表示「日語網路使用者僅佔4.7%」，可能是311大地震引發核災後，除了日本之外，中國、台灣、香港等地也都加入查詢，所以查詢筆數才會暴增為前一年的1470%。

①ソーシャル・ネットワーキング・サービス：social networking service，SNS。社群網路服務

②アップル：apple〈蘋果〉。這裡指蘋果電腦公司

③IT：information technology〈資訊科技〉的縮寫

④ランクイン：進入排行榜前幾名

⑤ネットユーザー：net user。網路使用者

Google「サジェスト機能」に表示停止命令

予測文字や関連する言葉が自動的に現れる「①サジェスト機能」によって名誉を傷つけられたとして、日本人男性がアメリカのグーグル本社に、表示をやめるよう求める②仮処分を申請し、東京地裁は3月19日、申請を認める決定をしました。

男性側によると、グーグルの検索サイトで男性の氏名を③打ち込むと、犯罪をイメージさせる単語が関連ワードとして表示され、その関連ワードを含めて検索すると、男性が犯罪を行ったかのように中傷する記事が1万件以上見つかるということで、男性は働いていた会社を退職に追い込まれ、その後仕事を探しても、採用を断られたり、内定を取り消されたりすることが相次いだといいます。しかしグーグル側は、「アメリカ本社に日本の法律の規制は適用されず、個人情報保護に関する社内規定の削除理由にも④当たらない」として、東京地裁の命令を拒否しています。男性側は、グーグルが今後も決定に⑤従わない場合、さらに法的措置を取る方針です。

13

法院下令Google暫停顯示「關鍵字搜尋建議」

　　一名日本男子向法院聲請假處分，要求美國谷歌總公司停止自動跳出預測文字及相關詞語的「關鍵字搜尋建議功能」，因為它已造成個人的名譽損傷。東京地院3月19日宣布同意這項聲請。

　　這名男子表示，只要在谷歌的搜尋網站打上他的姓名，就會跳出跟犯罪有關的相關詞語，連相關詞語一起搜尋，就會找到超過一萬筆看似他曾犯罪的中傷報導。他被逼得辭去原本的工作，後來再找工作，也一直都被拒於門外，不然就是預定錄取後又被取消。但谷歌表示「日本的法律不適用於美國總公司，這項要求也不符合公司內部個人資料保護規範中的刪除理由」，拒絕了東京地院的命令。男子表示，若谷歌今後仍不遵從法院的決定，將採取進一步的法律行動。

①サジェスト：＝suggest。建議、提示
②仮処分（かりしょぶん）：當事人為避免權利受損而提出聲請，由法院頒布的暫定處置
③打ち込む（うちこむ）：打進、敲入。這裡指輸入（文字）
④当たらない（あたる）：「当たる」指適用、適合
⑤従わない（したがう）：「従う」指依照、遵從

①慰安旅行で警察職員21人処分

MP3
009

社
会

　昨年長崎県で起こった②ストーカー殺人事件について、4月23日、警察は21人の職員を処分したと発表しました。

　昨年12月、千葉県習志野市に住む女性が、付き合っていた男からのストーカー行為に悩み、千葉県警習志野署に③被害届を出そうとしました。しかし習志野署は「ほかの事件があるので、1週間待ってほしい」と言って、被害届の受理を④先送りし、その10日後に、女性が帰っていた長崎の実家で、女性の母親と祖母がストーカーの男に殺害されました。千葉県警は今年3月に、対応の遅れについての検証結果をまとめましたが、その後、習志野署の担当者らが実は、被害届受理を先送りした直後に北海道へ慰安旅行に行っていたことが発覚。千葉県警は事件の再検証を行うとともに、県警本部長を⑤訓戒処分にするなど21人を処分したと発表しました。今やストーカー事件やトラブルは年間1万4千件以上発生していますが、警察の意識が依然低すぎることに対して批判の声が高まっています。

因團體出遊懲處21名警察

　　警方4月23日宣布：關於去年長崎縣發生的一起跟蹤狂殺人案，已經對21名員警進行懲處。

　　去年12月，一名住在千葉縣習志野市的女子，因受不了前男友跟蹤騷擾，準備向千葉縣警局習志野分局報案。但習志野分局卻延後受理報案，告訴她「我們有其他的案件，請妳再等一星期」。10天後，在女子回到長崎老家的期間，她的母親和祖母慘遭跟蹤狂殺害。千葉縣警局在今年3月時，已針對因應過慢一事彙整調查報告，但事後又發現：習志野分局的相關承辦員警延後受理報案，之後馬上集體到北海道進行員工旅遊。千葉縣警局表示將重新調查這個案子，並已懲處21名警察，包括縣警局局長也記了警告。現在一年有超過1萬4千起的跟蹤狂案件及糾紛，警方卻依然未提高警覺，引發各界撻伐。

①慰安旅行：企業、機關等爲慰勞員工而舉辦的團體旅行

②ストーカー：＝stalker。對某人糾纏不放、持續跟蹤、騷擾者

③被害届：認爲受害而向檢警報案

④先送り：（把決定或處理等工作）往後延

⑤訓戒処分：日本公務員處罰之一，累計3次等於1次「戒告／譴責」，再往上是「減給」「停職」「免職」

東京スカイツリー開業

MP3 010

社会

　高さ634メートル、世界でいちばん高いタワー「東京スカイツリー」が5月22日正午、ついに開業しました。この日はあいにくの①雨模様でしたが、完全予約制の展望台には約9千人が、スカイツリーに併設されている商業施設には約22万人が訪れました。

　スカイツリーは、地上デジタル放送のために東京タワーより高い電波塔が必要になったことから、2003年建設計画がスタート。工事は08年7月に始まり、今年2月末に完成しました。地震対策として、日本の「②五重の塔」にも使われている伝統的な工法が用いられ、また、足元では断面が三角形なのに対し、上に行くにつれて徐々に丸くなるという複雑な構造のため、3万7千本以上使われている鉄骨の中で、同じ形のものはないといいます。建設費を含む総事業費は650億円で、58万人の作業員が建設に携わりました。

またスカイツリーのオープンにともなって、スカイツリーがたつ墨田区など、東京の③下町もあらためて④脚光を浴びるようになりました。

東京晴空塔開幕

　　高度634公尺，全球第一高的電波塔「東京晴空塔」，終於在5月22日正午隆重開幕。這天天公不作美，天氣陰霾，但採完全預約制的展望台還是湧入約9千名遊客，晴空塔附設的商城來客數更是高達22萬人。

　　晴空塔的興建，起因於無線數位廣播需要比東京鐵塔更高的電波塔，於是在2003年開始規劃興建，2008年7月動土，今年2月底完工。在防震技術方面，它採用日本「五重塔」的傳統施工技術，而且雖然底部呈三角形，但往上走漸漸變圓，結構十分精巧繁複，據說所使用的3萬7千多條鋼筋，每一條形狀都不一樣。包括建設費在內，總計耗資650億日圓，參與建設的作業員高達58萬人。隨著晴空塔的開幕，晴空塔所在地墨田區這些東京老街，也再度成為大家的目光焦點。

①雨模様：天氣陰沉，隨時會下雨的樣子
②五重の塔：有五層屋頂的樓閣式佛塔
③下町：江戶時代時的東京，武士貴族住在地勢較高的地方，從事工商業的平民所住的低窪地區稱為「下町」，泛指現今靠近東京灣的淺草、神田、日本橋等地
④脚光を浴びる：「脚光」〈腳燈〉指設於舞台前緣地板，用來照亮演員腳部的光源，「脚光を浴びる」指登上舞台，引申為受到世人注目

迷子のインコ、自分の住所を告げて無事帰宅

MP3
011

　迷子になったインコが、警察官に自分の住所を告げて、無事飼い主のもとへ戻ることができました。

　4月29日、神奈川県相模原市にあるビジネスホテルの敷地内に、①セキセイインコが②迷い込み、警察に届けられました。インコは警察署内の鳥かごに入れられていましたが、5月1日の朝になって、「ピーコちゃん」と自分の名前を言うようになり、夜には「サガミハラシ　ハシモト（相模原市橋本）」と地名を③口にし始めました。その後、④番地もしゃべり出したため、警察官が、その住所に電話をかけたところ、そこに住む高橋文江さんのインコであることがわかり、インコは翌2日、無事に家に戻ることができました。高橋さんは以前飼っていたインコに逃げられた経験があったため、「ピーコ」には住所を覚えさせていたということです。高橋さんは「まさか警察から連絡がくるとは思わなかった。万が一のことを考え、教えていた⑤かいがあった」と喜びを語りました。

迷路鸚鵡自報地址　平安返家

　　一隻迷路的鸚鵡告訴警察自己家的地址，平安返回飼主身旁。

　　4月29日，警方接到通報，說有一隻虎皮鸚鵡迷了路，飛進神奈川縣相模原市一家商務旅館內。鸚鵡被關進警察局的鳥籠裡，5月1日早上，牠開口講出自己的名字「Peeko」，到了晚上唸起地名「相模原市橋本」。後來還報上門牌號碼，警察按著地址打電話過去一問，才知道牠是那戶人家高橋文江女士的鸚鵡。隔天5月2日，牠就平安回到家裡了。高橋女士說以前曾養過一隻鸚鵡，飛出去之後下落不明，所以就教Peeko背家裡的地址。她開心地表示：「沒想到會接到警察的通知。當初想說教牠背地址以防萬一，還真派上用場了。」

①セキセイインコ：虎皮鸚鵡，俗稱鸚哥
②迷い込み：「迷い込む」指迷路誤闖
③（～を）口にし始めました：開始說～。「口にする」指說出口
④番地：地址中在「町（まち／ちょう）、村（むら／そん）、字」之下的編號，相當於門牌號碼。也指地址
⑤かい：指發揮出效用、價值

6歳未満で初の脳死移植

MP3
012

社会

　日本で初めて、6歳未満の子どもが脳死と判定され、臓器提供が行われました。脳死と判定されたのは、富山市の富山大病院に入院していた6歳未満の男児で、6月15日に脳死判定を受け、心臓と肝臓がそれぞれ10歳未満の子どもに、腎臓が60代の女性に移植されました。移植手術は、いずれも無事に終了したということです。

　以前日本国内では子どもの臓器提供がなかったため、病気で移植が必要な子どもは海外で手術を受けるしかなく、移植を受けられずに死亡するケースも多くありました。が、その後2010年に改正臓器移植法が施行され、年齢に関係なく、①ドナー本人が提供②拒否の意思を示していない③限り、家族の同意があれば脳死判定と臓器提供ができるようになりました。15歳未満の提供は今回が2例目です。ただし、子どもは大人と比べて脳機能の④回復力が強く、脳死判定は大人より難しいなど、さまざまな理由から、幼児の脳死移植に反対する意見も⑤根強くあります。

未滿6歲腦死移植首例

　　1名未滿6歲的孩童被判定為腦死，並進行器官捐贈，這是日本首例。被判定腦死的是1名未滿6歲的男童，他在富山市富山大學附設醫院住院治療，6月15日被判定腦死，心臟和肝臟分別移植給2名未滿10歲的孩童，腎臟移植給1名六十幾歲的女性。據瞭解，移植手術均已順利完成。

　　日本國內以前沒有孩童的器官捐贈，因此生病要換器官的小孩，都只能到國外動手術，有很多小孩因為無法換器官而死亡。不過2010年器官移植法修正實施後，現在不論年齡大小，只要捐贈者本身沒有表示拒絕，就可在家屬同意下進行腦死判定及器官捐贈。15歲以下孩童進行器官捐贈，這次是第2件案例。不過孩童腦部功能恢復力比成人強，腦死的判定比成人來得困難，再加上其他種種原因，許多人還是堅決反對幼兒腦死移植。

①ドナー：donnor。器官捐贈人
②拒否：拒絕
③〜限り：只要〜就
④回復：恢復
⑤根強く：「根強い」指根深蒂固、不易動搖的

国際①ハッカー集団「アノニマス」、
日本の省庁などのHPを攻撃

社会

　国際的なハッカー集団「アノニマス」が、6月25日ごろから、日本の最高裁判所や財務省、民主党、日本音楽著作権協会（JASRAC）などのホームページに②サイバー攻撃を③しかけ、これらのホームページの内容が一部④書き換えられたり、閲覧しにくくなるなどの被害が発生しています。日本では「改正著作権法」が6月に成立し、インターネット上から、著作権法に違反した音楽や動画などを⑤ダウンロードすると、刑事罰を科せられることになりました。アノニマスは公式ツイッターなどで、この法律に反対していること、この法律が修正されるまで攻撃を続けることなどを表明しています。アノニマスは世界各地のハッカーが緩やかにつながっている集団で、これまでもネットにかかわる規制強化に反対し、各国政府や企業のホームページを攻撃してきました。警視庁は現在、サーバーに残っている記録を解析するなどして捜査を進めていますが、容疑者の逮捕には時間がかかると見られています。

國際駭客集團「匿名者」攻擊日本政府網頁

　　國際駭客集團「匿名者（Anonymous）」自6月25日起，接連對日本最高法院和財務省、民主黨、日本音樂著作權協會（JASRAC）的網頁發動攻擊，有些網頁部分內容遭竄改，有些網頁變得打不開。日本在6月通過「著作權法修正案」，今後從網路下載違反著作權法的音樂、影片，將會處以刑責。匿名者在自己的推特（twitter）等地放話，表明反對這項法律，而且將持續攻擊，直到法律修正才罷休。匿名者是一個組織鬆散的集團，成員為世界各地的駭客，過去一直反對政府對網路嚴加控管，並多次攻擊各國政府及企業的網頁。東京都警視廳已展開搜查，設法分析網路上殘留的紀錄，但要抓到嫌犯，可能得花上不少時間。

①ハッカー：hacker。網路駭客
②サイバー：cyber。指與電腦網路相關的
③しかけ：「しかける」指主動做～、發動～
④書き換えられたり：遭竄改。「書き換える」指改寫
⑤ダウンロード：download。下載（網路資訊）

「①脱法ハーブ」で救急車、5ヵ月で94人——
警視庁調べ

MP3
014

社会

　東京都内で今年1月から5月の間に、麻薬のような幻覚症状などを引き起こす「脱法ハーブ」を吸った後、頭痛や吐き気などを訴えて病院に救急搬送された人が94人に上ったことが、警視庁のまとめでわかりました。この数は去年1年間の搬送数11人を、すでに大幅に上回っています。

　脱法ハーブとは、乾燥した植物に合成薬物を混ぜたもので、②吸引すると幻覚症状を引き起こしたり、③意識障害に陥ったりする場合もあり、吸引した人が死亡したり、交通事故を起こしたりするケースが、このところ急速に増えています。いわゆる④ドラッグの一種ですが、今の日本の法律では、吸引しても犯罪にはなりません。厚生労働省は、人の体に悪影響があると確認できたものから順に「指定薬物」にして、製造や販売を禁止していますが、新しい種類が次々と登場しているうえ、販売業者は「お香」や「芳香剤」などと称して売っているため、取締りが⑤追いついていないのが現状です。

警視廳：吸食合成大麻　5個月94人送急救

　　根據警視廳統計，東京都今年1月到5月期間，有94人在吸食了跟毒品一樣會產生幻覺的合成大麻後，因頭痛、作嘔等症狀送醫急救。這個人數遠遠超過去年全年送醫人數11人。

　　合成麻藥是在乾燥植物裡摻入合成藥物製成的，吸食後可能會出現幻覺或意識障礙，近來吸食後死亡、引發車禍的案例急速增加。它算是一種毒品，但按現在的日本法律規定，吸食並不構成犯罪。厚生勞動省已陸續把一些證實對人體有害的列入「管制藥物」，禁止製造、販售，然而這種合成麻藥種類不斷推陳出新，再加上業者打著「禮佛用香」「芳香劑」等名號販售，現階段仍無法落實取締管制。

①脱法ハーブ：合成大麻。ハーブ＝herb，藥草。也稱「危険ドラッグ」
②吸引：吸食。也寫作「吸飲」
③意識障害：指意識清醒程度降低，思考、判斷、記憶等能力受損的狀態
④ドラッグ：drug。藥物，這裡指毒品
⑤追いついて：「追いつく」指追上、趕上

①風疹流行、すでに昨年の2倍に

　今年に入って、風疹の流行が急速に拡大しています。国立感染症研究所によると、今年の初めから7月25日までに、全国で風疹に感染した人は776人で、すでに昨年1年間の感染者数371人の2倍以上に達しています。感染は春から夏にかけて②近畿地方で拡大し、夏以降③首都圏にも広がりました。感染者の約8割が男性ですが、これは1995年以前、風疹の予防接種が女子中学生だけを対象に行われていたためで、現在、30代から50代前半の男性の5人に1人は風疹の免疫を持っていないという調査結果があります。

　風疹の主な症状は、④発疹、発熱、⑤リンパ節の腫れなどで、妊娠初期の女性が感染すると、約90％という高い確率で胎児に感染し、難聴、心疾患、白内障などの障がいを引き起こす可能性があります。厚生労働省は全国の自治体に通知を出し、妊娠している女性の家族や、妊娠を希望している女性は予防接種を受けるよう呼びかけています。

德國麻疹流行　感染人數較去年倍增

　　今年德國麻疹疫情急速升溫，根據國立感染症研究所統計，從今年初到7月25日，全國有776人感染德國麻疹，已超過去年全年感染人數371人的2倍。從春季到夏季這段時間，疫情在近畿地方持續擴大，進入夏季之後，更蔓延到東京一帶。感染者有八成左右是男性，這是因為在1995年之前，德國麻疹疫苗的接種對象僅限於國中女生，有調查顯示，現在三十歲到五十初頭的男性中，每5人就有1人對德國麻疹沒有免疫力。

　　德國麻疹的主要症狀有紅疹、發燒、淋巴節腫大等，若懷孕初期的女性感染，有高達90%的機率會傳染給胎兒，胎兒可能會出現重聽、心臟病、白內障等缺陷。厚生勞動省行文至全國各地方政府，呼籲孕婦的家人和打算懷孕的女性接受預防接種。

①風疹：風疹。俗稱德國麻疹
②近畿地方：指本州西部地區，一般含京都府、大阪府、兵庫縣、奈良縣、和歌山縣、滋賀縣、三重縣等二府五縣
③首都圈：在日本指東京一帶。也指「首都圈整備法」中都市計劃範圍，包括東京都、神奈川縣、埼玉縣、千葉縣、茨城縣、栃木縣、群馬縣、山梨縣等一都七縣
④発疹：皮膚上出現紅色小疙瘩（丘疹）
⑤リンパ節：淋巴節。也稱淋巴腺、淋巴結

男子中学生いじめ自殺問題

MP3
016

社会

　昨年10月、滋賀県大津市の市立中学2年の男子生徒が自宅マンションから飛び降り自殺するという事件が起こりましたが、今年7月になって、この事件が①突如注目されるようになりました。

　男子生徒の両親は今年2月、生徒が自殺したのはいじめが原因として、加害生徒3人とその保護者、そして大津市に対し損害賠償を求める訴訟を起こしました。当初、市の教育委員会と学校は「いじめはなかった」と主張していました。ところがその後、生徒が同級生からさまざまないじめ行為を受けていたという事実を、学校が知っていたのに隠していたことが②発覚。それがテレビや新聞、インターネットなどで大きく報道されるようになると、学校に批判の電話が殺到したり、学校を爆破するという脅迫文が届くといった騒ぎまで起こりました。教育現場の「③隠蔽体質」と同時に、メディアの過熱報道や一部の人々の④過剰反応など、さまざまなことが問題として⑤浮上しました※。

國中男生遭霸凌自殺問題

去年10月，一名滋賀縣大津市市立國中二年級的男生，從自家公寓跳樓自殺，這個案件在今年7月驟然成為注目焦點。

男學生的父母今年2月向法院提告，主張男生自殺的原因在於校園霸凌，要求3名加害的學生與其監護人，以及大津市政府應賠償損失。事發當時，市的教育委員會和學校都堅稱「沒有霸凌問題」。不過後來真相被揭露出來，原來男生確實曾遭受同學的各種霸凌，而校方明知卻隱匿不報。這件事經電視、報紙、網路大肆報導後，鬧得沸沸揚揚，很多人打電話去罵學校，甚至還有人寄恐嚇信去，說要炸毀學校。這件事除了教育現場的「遮掩惡習」之外，也突顯出媒體的過度報導、部分人士的過度反應等問題。

※此外，滋賀縣警方曾在7月11日，以3名學生涉嫌對男學生施暴為由，到學校和教育委員會進行搜證。警方因霸凌問題而強行至學校等地搜證，這是極其罕見的行為，有專家批評「警察反應太過度」。另外還發生其他受害情形，像加害的學生和家人的真實姓名、照片被放到網路上，毫無關係的人被寫成「加害者的母親」，結果成天接到騷擾電話等等。

①突如（とつじょ）：突然
②発覚（はっかく）：罪行或陰謀曝光
③隱蔽（いんぺい）：隱瞞、遮掩
④過剰反応（かじょうはんのう）：過度反應
⑤浮上（ふじょう）：上升、浮上檯面

上野・パンダの赤ちゃん、生後6日で急死

MP3
017

社会

　東京の上野動物園で、24年ぶりに①ジャイアントパンダの赤ちゃんが誕生しましたが、肺炎のため、生後わずか6日で死亡してしまいました。

　メスのジャイアントパンダ「シンシン」が赤ちゃんを出産したのは7月5日。父親は、昨年の2月にシンシンといっしょに中国からやって来た「リーリー」です。上野動物園でパンダの赤ちゃんが生まれるのは24年ぶり、しかも自然交配は初めて②とあって、日本中がお祝いムードに沸きました。動物園が撮影した、赤ちゃんを大事そうに抱くシンシンの映像も公開されました。

　しかし11日の朝になって、赤ちゃんがシンシンの腹の上で③心肺停止状態になっているのを、職員が発見。すぐに心臓マッサージなどの④手当てをしましたが、1時間後に死亡が確認されました。解剖の結果、飲んだ母乳が気管支に詰まったことが死因とわかりました。翌日、動物園内には献花台が設けられ、大勢の人が訪れて赤ちゃんに⑤別れを告げました。

上野動物園貓熊寶寶出生6天後夭折

東京的上野動物園在睽違24年之後，終於再度有貓熊寶寶誕生，可惜卻因為肺炎，出生才6天就夭折了。

母貓熊「真真」在7月5日分娩，爸爸是去年2月跟真真一起從中國來的「力力」。上野動物園24年來首次有貓熊產子，而且是第一次自然交配出生的，所以日本上下一片喜氣洋洋。動物園還公布了真真小心翼翼抱著寶寶的影片。

可是11日早上的時候，動物園的職員卻發現小寶寶在真真的肚子上，已經沒有呼吸心跳。他們立刻施以心臟按摩等方式搶救，不過還是在1小時後確認死亡。解剖後得知，死因是牠喝下的母乳塞住了支氣管。隔天動物園內架起獻花檯，很多人前來跟小貓熊寶寶告別。

①ジャイアントパンダ：giant panda。大熊貓
②とあって：＝「というわけで」「なので」。因為
③心肺停止：心肺功能停止
④手当て：治療
⑤別れを告げました：「別れを告げる」指告別

32

日本人女性①ジャーナリスト山本さん死亡——シリア銃撃戦で

MP3
018

社会

　8月20日、日本人ジャーナリストの山本美香さん（45）が、内戦状態が続く中東のシリアで、取材中に銃で撃たれ死亡しました。シリアでは昨年から、政府軍と反体制派との間で戦いが続き、すでに2万人を超す死者が出ています。

　山本さんはその日、シリア北部の都市②アレッポで、反体制派の武装組織に同行して取材を行っているときに、政府側の組織に銃撃されました。いっしょに現場にいた兵士によると、山本さんは銃撃戦に「③巻き込まれた」のではなく、カメラを持っていたために「④狙い撃ちされた」可能性もあるといいます。

　山本さんは独立系通信社「ジャパンプレス」に所属し、15年以上にわたってユーゴスラビアやアフリカ、アフガニスタン、イランなど、世界の紛争地域を取材してきました。「報道で社会を変えることができる」を信念に、取材活動のほか、大学での講義や執筆活動などをとおして、戦争の悲劇や報道の使命を伝え続けました。

日本女記者山本美香　敘利亞槍戰身亡

　　8月20日，日本記者山本美香（45歲）在持續內戰的中東敘利亞，於採訪中遭槍擊身亡。敘利亞自去年起，政府軍和反政府派不斷交戰，死亡人數已逾2萬人。

　　當天山本美香跟著反政府的武裝組織隨行採訪，在敘利亞北部大城阿力波遭到政府組織的槍擊。當時同樣在現場的士兵表示，山本美香可能並不是被流彈擊中，而是因為她手持相機，所以成了槍靶。

　　山本美香是獨立通訊社「THE JAPAN PRESS」〈日本新聞社〉的記者，15年採訪足跡遍及南斯拉夫及非洲、阿富汗、伊朗等戰地。她堅信「報導可以改變社會」，除了採訪活動之外，也透過在大學講課及撰稿活動等，告訴世人戰爭的悲劇及報導的使命。

①ジャーナリスト：＝journalist。泛指報章雜誌等媒體的編輯、記者
②アレッポ：Aleppo。阿力波，或譯阿勒坡。僅次於首都大馬士革的敘利亞第二大都市
③巻き込まれた：「巻き込む」指捲入、連累
④狙い撃ち：瞄準射擊

100歳以上高齢者、初めて5万人超す

MP3
019

　全国の100歳以上のお①年寄りの数が、5万1,376人で、これまでで最も多くなったことが厚生労働省の調査でわかりました。1963年に調査を開始して以来、5万人を超えたのは今回が初めてです。

　100歳以上の人のうち、男性は6,534人、女性は4万4,842人で、男性は32年連続、女性は42年連続で過去最多を更新しています。女性の割合は87.3％で、これも過去最高となりました。国内最高齢は、京都府に住む木村次郎右衛門さんで、1897年4月19日生まれの115歳。木村さんは現在、男性の長寿世界一として、②ギネスに認定されています。女性の国内最高齢は、神奈川県に住む大久保琴さんで、1897年12月24日生まれの114歳です。人口に対する100歳以上の③割合が最も多かったのは④高知県、最も少なかったのは⑤埼玉県で、全体に「西高東低」の傾向が続いています。

　調査を始めた63年、100歳以上の人数は153人でしたが、98年に1万人を超え、2003年に2万人、07年に3万人、09年に4万人を突破しました。

百歲人瑞首度破五萬人

　　根據厚生勞動省調查，全國百歲以上的高齡者有51,376人，居歷年之冠。自1963年開始調查以來，首次突破五萬人。

　　百歲人瑞中，男性6,534人，女性44,842人，男性連續32年、女性連續42年創新高。女性87.3%，占比也是歷來最高。國內最高齡的，是住在京都府的木村次郎右衛門先生，1897年4月19日出生，現年115歲。木村先生也是目前金氏紀錄中全球最長壽的男性。國內最高齡的女性，是住在神奈川縣的大久保琴女士，1897年12月24日出生，現年114歲。百歲以上人瑞在人口中的占比，最高的是高知縣，最低的則是埼玉縣，整體持續呈現「西高東低」的傾向。

　　1963年開始這項調查時，百歲人瑞的人數是153人，1998年超過1萬人，2003年突破2萬人，2007年突破3萬人，2009年時突破了4萬人。

①年寄り：老人、上年紀的人
②ギネス：「ギネス世界記録」〈金氏世界紀錄〉的簡稱
③割合：比例
④高知県：位於四國地方南部
⑤埼玉県：位於關東地方中部

PC①遠隔操作事件　4人を誤認逮捕

社会

　パソコンの遠隔操作によって犯罪予告が行われ、その容疑者として②無実の男性4人が逮捕されるという事件が起こりました。

　今年6月末から8月上旬にかけて、「小学校を襲撃する」「航空機を爆破する」などという予告が、当事者にメールで送られたり、インターネットの掲示板に書き込まれたりする事件が相次ぎました。警察はIPアドレスをもとに、男性4人を容疑者として逮捕しましたが、10月になって、東京都内の弁護士とラジオの番組③宛てに、真犯人と思われる人物からメールで犯行声明が送られました。声明には、ウイルスに感染した男性らのパソコンを遠隔操作して、犯罪予告を送信したことが書かれていました。

　警察はその後、誤認逮捕した4人の男性に謝罪しましたが、問題は、④取り調べの過程で4人のうち2人が、やってもいない犯行について容疑を認めていたことです。警察が自白を⑤強要するなど、不適切な取り調べを行っていた可能性も指摘されています。

歹徒遙控電腦犯案　警方誤抓4人

　　歹徒利用電腦遠端操控預告犯罪，4名男子被視爲嫌犯，含冤被捕。

　　今年6月底到8月上旬，一連發生幾起預告攻擊案件。歹徒直接寄電子郵件給當事人，或是在網路留言板留言，預告要「襲擊小學」「炸飛機」。警方根據IP位址，逮捕了4名涉嫌男子。10月時，疑似眞正犯案的人寄信給東京的律師和廣播節目，聲明是自己所爲。聲明中寫道：他利用這些人中了病毒的電腦，進行遠端操控，發送犯罪預告信。

　　警方事後向誤逮的4名男子道歉，但問題是，在偵辦過程中，有2人明明沒做卻認罪了。有人質疑警方可能有逼供等偵辦方式失當的情形。

①遠隔操作：使用有線或無線連線方式，由遠端操縱機器
②無実：沒有根據、與事實不符。無辜。
③宛て：接在名詞之後，指以～爲收件人
④取り調べ：檢警調查犯罪事證
⑤強要：強制要求

「女性の再婚禁止半年は違憲」訴訟、①棄却され控訴

MP3 021

社会

　日本の民法では、夫婦が離婚した後、男性はすぐに再婚できますが、女性は離婚後6カ月経たないと再婚できないという規定があります。この規定が憲法の「法の下の平等」に違反しているとして、岡山県に住む20歳代の女性が国に対して訴えを起こしましたが、10月18日、岡山地裁は女性の訴えを棄却しました。女性は判決を②不服として、10月29日、広島高裁岡山支部に控訴しました。

　この民法の規定③をめぐっては1995年にも、子どもが生まれた場合に「父子関係をめぐる紛争を防ぐとの立法目的に合理性がある」として、憲法違反ではないという最高裁の判決が出ています。しかし国外では、女性の再婚禁止期間を以前は設けていても、現在は廃止している国が多く、インターネット上では、「離婚した女性がすべて妊娠しているのとは限らない」「DNA鑑定の技術が⑤進んだ今、この規定に意味はあるのか」「再婚禁止期間を設けるなら、男性にも設けるべきだ」などといった意見も出ています。

「女性離婚半年內禁再婚規定違憲」提告遭駁回再上訴

日本民法規定：夫妻離婚後，男方可立刻再婚，但女方要等離婚滿6個月後才能再婚。一名家住岡山縣的二十幾歲女子控告國家違憲，理由是這個規定違反憲法「法律之前人人平等」的精神。岡山地院10月18日駁回這名女子的提告。女子不服判決，10月29日上訴至廣島高院岡山分院。

關於民法的這項規定，1995年曾有最高法院判決並未違憲，其中指出：若有嬰兒出生，「可避免父子關係出現爭議，因之此規定立法目的合理」。然而海外很多國家，即使以前曾對女性再婚時期設限，現在也都廢除了。網友也議論紛紛：「離婚的女人又不一定都懷有身孕」「現在DNA鑑定技術精進，這種規定有何意義？」「若要對再婚時期設限，男方也該設限」。

①棄却：（法院）駁回（訴訟案件）
②不服：不滿、有異議
③～をめぐる：指以～為中心（討論、爭議等）
④～とは限らない：不見得、不一定
⑤進んだ：「進む」指程度上升、進步

①合コン付きファッション福袋発売——
デパートが男女を引き合わせ

　女性客に人気の高いデパート「プランタン銀座」と、男性ファッション専門のデパート「阪急メンズ東京」が、2013年1月2日の②初売りで「合コン付き③コラボ福袋」を販売すると発表しました。福袋には、全身をコーディネートできる衣類に加えて、両店内のカフェで開催する合コンに参加できるチケット「デパコン参加券」が入っています。合コンなどの場に着ていくファッションを提案すると同時に、互いの中心顧客の男女を④引き合わせようという企画です。

　最近日本では、「街コン」が注目を集めています。街コンとは街⑤ぐるみで行う大型の合コンで、数百人の男女が、開催地区にある複数の店をまわって、飲食を楽しみます。独身の男女に出会いの場を提供しながら、地域活性化ができるということで、今、全国各地で開催されています。今回2店が主催する「デパコン」は、そんな街コンの一種であるとも言えます。福袋は男女各60袋限定で、値段は2万1000円ということです。

百貨公司扮紅娘　推出附聯誼券服飾福袋

　　備受女性顧客青睞的百貨公司「銀座春天」（PRINTEMPS GINZA）和專營男性服飾的百貨公司「阪急MEN＇S東京」宣布將在2013年1月2日開春首賣日，推出「共同企畫聯誼福袋」。福袋裡有打點全身行頭的服飾，還有「百貨聯誼參加券」，可參加在兩家百貨咖啡廳舉辦的交友聯誼會。這個企畫不但提供顧客適合聯誼穿著的服飾，同時還想介紹雙方的男女主顧客相互認識。

　　最近日本正時興「街區聯誼」。街區聯誼是整個街區合辦的大型聯誼會，數百名男女在主辦地商店一家逛過一家，一起吃吃喝喝。它提供單身男女相識的機會，同時又可振興地方經濟，所以現在全國各地都有這種活動。這次兩家百貨公司共同企畫的「百貨交友聯誼」，也算是街區聯誼的一種。福袋限定男女各60袋，每袋售價2萬1千日圓。

①合コン：「合同コンパ（company，聚會）」的簡稱。指男女聯誼聚會
②初売り：新年第一天營業
③コラボ：「コラボレーション」（collaboration）的略稱，指（不同領域團體等）共同企劃
④引き合わせよう：「引き合わせる」指引見、介紹雙方
⑤〜ぐるみ：接在名詞後，表示整個〜全部

笹子トンネル天井板落下事故

社会

山梨県・①中央自動車道の笹子トンネルで天井板が落下して、9人が死亡し、2人が重軽傷を負う事故が起こりました。事故は12月2日の午前8時頃、トンネルの出口から約1.7kmの場所で発生。コンクリート製で重さ約1.2tの天井板約270枚が、130mにわたって②崩れ落ち、トンネル内を走っていた車3台が③下敷きになりました。

事故の詳しい原因は12月末現在も調査中ですが、天井板を固定していた④ボルトが老朽化のため抜け落ちたことが事故につながったと見られています。中央自動車道を運営・管理する中日本高速道路会社によると、1977年のトンネル使用開始から35年間、ボルトなどの交換や補修を行った記録はなく、定期点検も目で見て確認するだけだったといいます。

日本では高度経済成長期以降、道路やトンネル、橋などの建設が一気に進められ、今ちょうどそれらが一斉に⑤寿命を迎える時期に来ています。今後同じような事故が繰り返されないよう、維持・管理を徹底する必要があるといえます。

笹子隧道天花板崩塌

　　山梨縣中央自動車道的笹子隧道內，天花板突然崩塌，造成9人死亡，2人輕重傷。事發時間為12月2日上午8點左右，地點在距隧道出口約1.7公里處，有270片重1.2噸的水泥天花板崩落下來，崩塌範圍長達130公尺，壓住了當時行駛在隧道中的3輛汽車。

　　事故的詳細原因至12月底時仍在調查中，據研判可能是用來固定天花板的螺栓老舊脫落而釀災。負責經營管理中央自動車道的中日本高速公路公司坦承：該隧道自1977年啟用，35年來均無紀錄顯示曾經更換或修補過螺栓，定期檢查也僅止於肉眼確認。

　　日本在高度經濟成長期之後，一口氣興建許多道路及隧道、橋梁，而這些建設剛好都在現在同時屆滿使用年限。為避免今後再發生類似意外，應徹底做好保養及管理的工作。

---

①中央自動車道：橫貫本州中央的高速公路，全長366.8公里，1982年全線通車
②崩れ落ち：「崩れ落ちる」指崩裂掉落
③下敷きになりました：被壓在下面。「下敷き」指墊在底下的東西
④ボルト：與螺帽（ナット）搭配，用來接合物品的螺栓
⑤寿命：壽命。引申指物品等的可使用期間

2012年「今年の漢字」は「金」

1年の①世相を表す「今年の漢字」。2012年は「金」が選ばれました。「今年の漢字」は日本漢字能力検定協会が主催する毎年②恒例の企画で、協会が毎年の年末、全国に公募し、最も応募数の多かったものが「今年の漢字」に決まります。

2012年は、932年ぶりに日本の広範囲の場所で③金環日食が観測されました。また、世界一高い自立式電波塔として④金字塔を打ち立てた東京スカイツリーが開業。ロンドンオリンピックでは、金⑤メダルをはじめとする、38個のメダルを獲得し、日本史上最多記録となりました。このほか、消費税増税などの財政問題や、生活保護費を不正に受給している人が次々と発覚するなど、「金」をめぐる問題が表面化した年でもありました。

今回の応募総数は25万8,912票で、過去最も多かった2011年の約半分。「金」の応募数は全体の3.54％に相当する9,156票で、応募総数に占める割合としては過去最低だったということで、⑥それだけ昨年は混沌として、漢字1字では表現しづらい年だったのかもしれません。

2012年度漢字為「金」

象徵一年社會情況的「年度漢字」，2012年雀屏中選的是「金」字。年度漢字是日本漢字能力檢定協會每年定期舉辦的活動，協會在年底時對全國進行公開徵選，投稿件數最多的漢字就是「年度漢字」。

2012這一年，日本932年來首次在大部分地區都觀測到金色的日環蝕。東京晴空塔這座世界最高的自立式電波塔，宛如金字塔般不朽的建築也在這一年開幕。這一年的倫敦奧運，含金牌在內，日本總共獲得38面獎牌，創日本史上新高。這一年，許多跟「金錢」有關的問題也都浮上檯面，包括調漲消費稅等財政問題、接連發現有人詐領生活保護費等。

這次投稿件數總共有258,912件，跟件數最多的2011年比，大約只有一半。其中「金」字有9,156件，占總件數的3.54%，這個百分比據說是歷年最低。或許這代表去年這一年渾沌模糊，很難用一個漢字來表達。

①世相：社會的情況
②恒例：例行（活動）
③金環日食：日環蝕
④金字塔：金字塔。引申指永垂不朽的大業
⑤メダル：＝medal。獎牌
⑥それだけ：相應地。＝「それぐらい」

アニメ「巨人の星」インド版、放送開始

高度経済成長期の日本で放送された大人気野球アニメ「巨人の星」のインド版が、日本とインドの国交樹立60周年に当たる2012年に製作され、12月23日からインドで放送が始まりました。

「巨人の星」は、主人公の星飛雄馬が貧しい境遇と厳しい練習に耐えて、プロ野球巨人軍のスターになる物語です。インド版「巨人の星」は、大手出版社の講談社などが企画し、現地のアニメ製作会社と共同で製作しています。設定を、現在経済成長を続けるインドに置き換え、主人公は野球ではなく、インドの国民的スポーツ、クリケットのスター選手を目指します。番組には日系企業が協賛していて、作品中にはスズキの自動車や全日空の飛行機などが登場。日本製品をインド市場に①アピールする狙いもあります。

かつて日本で大人気を②博し、現在はほとんど消滅してしまった「③スポ根もの」が、今のインドの子どもたちにどのように④受け止められるのか、注目が集まっています。

日本卡通「巨人之星」印度版上映

　　「巨人之星」是一部以棒球為背景，在日本高度經濟成長期播放的超人氣電視卡通。在日本與印度建交60周年的2012年，這部卡通被改編成印度版，12月23日起在印度播出。

　　「巨人之星」內容描寫主角星飛雄馬熬過貧困的環境與嚴酷的練習，最後成為職棒巨人隊的巨星。印度版「巨人之星」由出版界龍頭講談社等公司企畫，並與印度的動漫公司共同製作。故事場景換成目前經濟持續成長的印度，主角的夢想也不是當棒球明星，而是打印度的全民運動——板球。節目背後有不少日系企業贊助，卡通裡可以看到鈴木汽車和全日空的飛機。業者也想藉此在印度市場推銷日本產品。

　　許多人都密切關注，想知道這種曾在日本紅極一時，而現在幾乎消聲匿跡的「熱血運動故事」，能否打動印度孩子的心。

①アピール：＝appeal。吸引、打動（對方）

②博し：「博する」指博得、獲得

③スポ根：由「スポーツ」〈運動〉和「根性」〈毅力〉合起來的詞。指描寫主角憑著努力與堅忍不拔的精神，接受嚴格的訓練，最後成為出色運動選手的故事。

④受け止められる：「受け止める」指接受、看待

アルジェリア人質事件　日本人10人が犠牲に

　1月16日、北アフリカのアルジェリアで、イスラム武装勢力が天然ガスの関連施設を襲撃し、外国人約40人を人質として①拘束する事件が発生しました。20日、アルジェリア軍が現場に②突入し武装勢力を③制圧しましたが、アルジェリア政府によると、このときの戦闘で、日本人10人を含む、少なくとも37人の人質が死亡するという最悪の結果になりました。

　事件が起きたのは、アルジェリア東部に建設中の天然ガス精製④プラントで、建設には、日本のプラント建設会社も参加していました。今回犠牲になった10人は、すべてこの建設会社やその関連会社の従業員でした。

　アルジェリアでは、石油や天然ガスが、輸出額の98％を占める重要な産業で、関連施設はアルジェリア軍が警備をしていました。にもかかわらず、なぜ武装勢力が施設に入ることができたのか、そして、アルジェリア軍が軍事作戦を決行した際の対応は適切だったのかなど、疑問は数多くあり、今後十分な⑤検証が必要です。

阿爾及利亞人質事件　10名日本人遇害

　　1月16日北非阿爾及利亞發生伊斯蘭武裝份子攻擊天然氣設施的事件，劫持大約40名外國人作爲人質。阿爾及利亞軍方在20日衝進現場，制服了武裝份子，但結果以悲劇落幕。根據阿爾及利亞政府表示，在這場戰鬥中，至少有37名人質死亡，包含10名日本人。

　　出事地點是在阿爾及利亞東部一處興建中的天然氣提煉廠，日本的工廠建設公司也參與了這項建設。這次遇害的10人，全部都是這家建設公司和它相關企業的員工。

　　阿爾及利亞的石油和天氣然佔出口總額98%，是十分重要的產業，相關設施都有阿爾及利亞軍駐守戒備。爲什麼這樣還會有武裝份子進入？而阿爾及利亞軍方在決定進行軍事作戰時，處理方式是否恰當？這件事留有許多疑點，尚待今後徹底查證。

①拘束：拘禁
②突入：衝進、闖入
③制圧：以力量制服對方
④プラント：＝plant。工廠設備、機械裝置
⑤検証：查證、驗證

男子高校生、体罰①を苦に自殺

　去年12月に自宅で自殺した大阪市の男子高校生が、所属するバスケットボール部顧問の教師から体罰を受けていたことがわかりました。生徒が所属していた大阪市立の高校のバスケットボール部は、全国大会に何度も出場している②強豪で、生徒は去年9月から、部の③キャプテンを務めていました。自殺後、生徒の部屋から遺書とともに顧問の教師に宛てた手紙が見つかり、「叩かれるのがつらい」などと書かれていました。顧問の教師は、チームを強豪に④育て上げた功績から、同じ学校に19年間在籍していて、たびたび体罰を行っていたことについては、他の教師が何も言えない状況だったことが、その後の調べで明らかになってきました。

　体罰は学校教育法などの法律で禁止されていますが、体罰をして懲戒処分される教師の数は、現在でも毎年400人ほどに上ります。⑤明るみに出ていない体罰はもっと多いという見方もあり、文部科学省は学校での体罰の実態について、全国調査を行うことを決めています。

高中男生不堪體罰自殺

　　去年12月，有一名大阪市的高中男生在家裡自殺，後來查出他加入的籃球隊，顧問老師曾對他施加體罰。他加入的大阪市立高中籃球隊實力堅強，多次打進全國大賽，而他從去年9月起擔任隊長。他自殺後，在房間裡找到遺書和一封寫給顧問老師的信，其中寫著「挨打太痛苦了」。後來調查才發現：擔任顧問的老師因培育籃球隊的汗馬功勞，在同一所學校一待就是19年，而他不時體罰學生的事，其他老師也都無法插手。

　　學校教育法等法律都明文規定禁止體罰，然而現在每年因體罰學生而受懲戒處分的教師仍多達400名左右，也有人認為沒有浮上檯面的體罰情況比這還多。文部科學省已決定進行全國調查，瞭解校內體罰的真實情況。

①〜を苦に…：苦於〜而…
②強豪：（競技比賽中）實力強大者、強手
③キャプテン：（運動比賽隊伍中的）隊長
④育て上げた：「育て上げる」指培育（成材）
⑤明るみに出ていない：「明るみ」指光亮處，「明るみに出る」指（事情）浮出檯面

生活費が高い都市　1位東京、2位大阪——英誌調査

MP3
028

　イギリスの経済誌『①エコノミスト』の調査部門が2月4日、世界の主な都市の生活費ランキングを発表しました。ランキングは1位が東京、2位が大阪と、日本の都市が1、2位を独占する結果になりました。②デフレが進む中、日本の都市が上位を占めたのは、円高が強く影響した結果だと考えられます。調査は、世界93カ国、140の都市を対象に、食料品や家賃、燃料費、教育費など160項目の価格を指数にして比較しています。

　東京は前回調査では2位でしたが、今回1位に③「返り咲き」ました。1992年以来、東京が1位にならなかったのは6回だけです。前回1位だったスイスのチューリッヒは7位に後退。今回はこのほか、3位となったオーストラリアのシドニーや、6位のシンガポールなど、経済成長が著しいアジア・太平洋地域の都市の上昇が目立ちました。

英雜誌調查：全球城市生活成本排名　東京第1大阪第2

　　英國《經濟學人》雜誌的調查部門在2月4日公布了全球主要城市生活成本排行榜。排名第1的是東京，第2名大阪，日本的城市囊括了第1、2名。在經濟持續緊縮的情況下，日本城市名次居前，主要應該是受到日圓升值的影響。這項調查的對象有93個國家，140個城市，以食品、房租、燃料費、教育費等160個項目的價格為指數進行比較。

　　東京在上次調查時排名第2，這次重回第1名「寶座」。自1992年以來，東京只有6次沒有位居第1。上次第1名的瑞士蘇黎世則掉到第7名。這次除了東京、大阪以外，第3名是澳洲雪梨、第6名新加坡，可以清楚看出亞太地區的城市隨著顯著的經濟成長，名次也水漲船高。

<生活費が高い都市ランキング>　※（　）内は昨年比

　　1位（↑1）東京（日本）

　　2位（↑1）大阪（日本）

　　3位（↑4）シドニー（オーストラリア）

　　4位（↑1）オスロ（ノルウェー）

　　4位（↑4）メルボルン（オーストラリア）

　　6位（↑3）シンガポール（シンガポール）

　　7位（↓6）チューリッヒ（スイス）

　　8位（↓2）パリ（フランス）

　　9位（↑25）カラカス（ベネズエラ）

　　10位（↓7）ジュネーブ（スイス）

①エコノミスト：The Economist。經濟學人雜誌
②デフレ：デフレーション（deflation），通貨緊縮
③返り咲きました：「返り咲く」是重新返回寶座

「奇跡の一本松」の復元作業進む——岩手県陸前高田

東日本大震災の大津波にも流されずに残り、復興の①シンボルとなった「奇跡の一本松」の復元作業が、現在進められています。

7万本の松の木が立ち並び、「日本百景」の一つにも選ばれた岩手県陸前高田市の名勝「高田松原」は、震災の大津波でほぼ全てが流されてしまいました。そんな中、奇跡的に流されず生き残った木が「奇跡の一本松」と呼ばれ、被災者に復興への希望と勇気を与える存在として注目されるようになりました。しかしその後、地盤沈下で土壌に海水が②しみ込んだせいで、木は枯れてしまいました。

陸前高田市は、木を③モニュメントとして保存することを決め、県外の工場に委託して、防腐処理や、幹の芯の部分を④くり抜いて炭素繊維強化樹脂を通すなどの処置を施しました。総工費は約1億5000万円ですが、費用は税金ではなく募金で⑤まかなう計画で、2月17日現在、全国から約8446万円の寄付金が寄せられています。完成式典は3月22日に行われる予定です。

社会

岩手縣陸前高田　「奇蹟孤松」展開復原作業

　　在日本311強震的大海嘯中存活下來，成為復興象徵的「奇蹟孤松」，現在正展開復原作業。

　　岩手縣陸前高田市的名勝「高田松原」原有7萬棵松樹林立，還曾被選為「日本百景」之一，但在強震後的海嘯中幾乎全數沖毀。其中只有一棵松樹沒有被沖走，奇蹟似地存活下來，人們叫它「奇蹟孤松」，它為災民帶來勇氣與對復興的寄望，因而聲名大噪。可惜後來因地盤下沉導致海水滲入土中，松樹最後還是枯死了。

　　陸前高田市決定把這棵樹保存下來作為紀念，於是委託外縣市的工廠對樹木進行防腐處理，並挖空樹幹內部，以碳纖維強化樹脂加固。總工程款約1億5千萬日圓，市政府計劃不用稅金，而是以募款來支應。至2月17日，已自全國募得8446萬日圓的捐款。預定3月22日舉行完工典禮。

①シンボル：symbol。象徵
②しみ込んだ：「しみ込む」指滲入內部
③モニュメント：monument。紀念碑等作為紀念的建造物
④くり抜いて：「くり抜く」是挖空內部
⑤まかなう：提供所需（的費用、人力等）

旅行・観光ランキング、日本過去最高の14位に

　世界経済フォーラムが発表した2013年版「①旅行・観光競争力ランキング」で、日本が、2007年に調査が始まって以来最高の14位になりました。ランキングは2年に1回行われていて、世界の140の国・地域を対象に14の項目を点数で評価します。日本が特に高い評価を得たのは、鉄道や道路などの陸上交通②インフラ、モバイルブロードバンドなどの③情報技術インフラ、世界文化遺産などの文化的資源の項目で、逆に評価が低かったのは、観光業の価格競争力や観光の開放性などの項目でした。

　日本政府は観光産業を経済活性化に役立てたい考えで、13年の外国人観光客の数を、前の年より2割多い1000万人に増やす目標を掲げています。

　ランキングの1位は4回連続スイスが獲っていて、このほかドイツ、オーストリア、アメリカ、カナダといった欧米の国々が毎回上位を占めています。

全球觀光競爭力報告　日本排名14創歷年新高

　　世界經濟論壇公布2013年版的「旅行與觀光競爭力報告」，日本排名14，是2007年開始調查以來最高的名次。該報告每2年調查1次，調查對象包括全球140個國家、地區，依14個項目評分。日本得分較高的項目包括：鐵路及公路等陸上交通基礎建設、行動寬頻等資訊基礎建設、世界文化遺產等文化資源；得分較低的項目為觀光業價格競爭力及旅行觀光親和力等等。

　　日本政府希望利用觀光業帶動經濟發展，訂出具體目標：要讓2013年外國觀光客人數比前一年多2成，提升至1000萬人。

　　奪得第1名的是蟬聯4次冠軍的瑞士，前幾名每次都是德國、奧地利、美國、加拿大等歐美國家。

＜2013年旅行・観光競争力ランキング＞

1位	スイス	9位	スウェーデン
2位	ドイツ	10位	シンガポール
〃	オーストリア	11位	オーストラリア
4位	スペイン	12位	ニュージーランド
〃	イギリス	13位	オランダ
6位	アメリカ	14位	日本
7位	フランス	15位	香港
8位	カナダ		

①旅行・観光競争力ランキング：Travel and Tourism Competitiveness Report。旅行與觀光競爭力報告

②インフラ：公共基礎建設。インフラストラクチャー（infrastructure）的簡縮形

③情報技術インフラ：ICT infrastructure。資訊與通訊技術基礎建設

最高齢80歳で①エベレスト登頂

MP3
031

社会

　登山家でプロ②スキーヤーの三浦雄一郎さんが、史上最高齢の80歳で、エベレストの登頂に成功しました。三浦さんは約1ヵ月半かけて、標高2,000～5,000m台のエベレスト山麓で体を慣らした後、5月16日、頂上を目指して出発。23日にみごと8,848mのエベレスト山頂に到着しました。23日中に下山を開始し、翌24日、標高6,500mの「キャンプ2」に到着。もともとの計画では、25日に、5,300mの場所にある「③ベースキャンプ」まで下りる予定でしたが、途中にある④アイスフォールが崩落する恐れがあったことと、疲労が極限に達していたことから、キャンプ2からベースキャンプまではヘリコプターを使いました。三浦さんは2003年にも、当時の史上最高齢70歳でエベレスト登頂に成功して、ギネスブックに登録されています。

　29日、日本に帰国してマスコミのインタビューを受けた三浦さんは、今後の挑戦について「8,000m級の山からスキーで滑りたい」と語りました。

80歲　最年長聖母峰征服者

　　既是登山家也是專業滑雪高手的三浦雄一郎，以80歲的高齡，成為史上最年長的聖母峰征服者。他花了大約一個半月的時間，在海拔2000～5000公尺的聖母峰山麓適應環境後，5月16日朝山頂出發，23日成功抵達標高8848公尺的聖母峰山頂。23日當天就開始下山，隔天24日來到海拔6500公尺的「第二營地」。原本計劃要在25日下到5300公尺高的「基地營」，但半路上的冰瀑有崩塌之虞，他的疲勞也達到極限，所以第二基地到基地營這段路改搭直升機。三浦雄一郎在2003年時，也曾以70歲高齡登上聖母峰，創下當時最高齡攻頂的金氏世界紀錄。

　　三浦雄一郎29日返回日本，在接受媒體採訪時，談到未來挑戰的目標，他說：「我想嘗試從8000公尺高的山上滑雪下山」。

①エベレスト：聖母峰，又稱埃佛勒斯峰（Everest），或珠穆朗瑪峰（藏語大地之母之意）、薩迦瑪塔（尼泊爾語天空女神之意）

②スキーヤー：skier。滑雪者

③ベースキャンプ：base camp。登山基地，登山時設為根據地的營地

④アイスフォール：ice fall。冰瀑。冰河在陡峭處像瀑布般流下的部分，日語也稱「氷瀑」

うどん食べすぎ!? 香川県、小学生に糖尿病検査

MP3 032

社会

　香川県が全国で初めて、県内の全ての公立小学校で糖尿病検査を実施することにしました。香川県は、糖尿病で入院、または診療を受けている人の割合が高く、2008年に全国で①ワースト1位、11年にもワースト2位になっています。昨年度、一部の小学校を対象に血液検査を行ったところ、約11％の子どもに「②脂質異常」、0.4％に「糖尿病の疑いあり」という判定が出たため、今年は全ての小学校の4年生に血液検査をすることに決定しました。検査で異常値が出た子どもと保護者に対しては、正しい食生活や生活習慣などの健康指導を行っていくということです。

　香川県は③讃岐うどんの本場として知られていて、うどんの消費量は全国で④断トツの1位。さらに、うどんといっしょにおにぎりを食べる人も多いほか、⑤菓子パンの消費量も全国1位で、炭水化物の摂りすぎが糖尿病の原因の一つと考えられています。また、野菜を食べる量がほかの県と比べて少ないというデータもあります。

烏龍麵吃太多!? 香川縣小學生進行糖尿病檢驗

香川縣政府決定開日本首例，在縣內所有的公立小學進行糖尿病檢驗。香川縣因糖尿病住院或接受治療的人數佔比偏高，2008年是全國第1，2011年也是全國第2高。去年在部分小學施行血液檢查，結果發現有11%左右的學童「血脂異常」，有0.4%「疑似糖尿病」，因此決定今年對所有的小學4年級學童進行抽血檢查。若檢查報告有數值異常，將會對該學童及家長進行健康指導，教導正確的飲食觀念及生活習慣。

香川縣是讚岐烏龍麵的主要產地，烏龍麵消費量遙遙領先，穩居全國第1。再加上很多人吃烏龍麵配飯團，香川縣的甜麵包消費量也是全國第1，有人認爲碳水化合物攝取過量，可能就是糖尿病的成因之一。另外也有數據顯示，與其他縣相比，香川縣的蔬菜食用量偏低。

①ワースト：worst。最差的
②脂質異常：脂質，又稱酯類、脂類，指脂肪或類脂的總稱。「脂質異常」指當血中的膽固醇或三酸甘油脂值不正常的狀態。
③讚岐（さぬき）：香川縣舊名
④断トツ：「断然トップ」的簡縮。一種俗語，指遙遙領先第二名，高居第一
⑤菓子パン：指加了豆沙、果醬、奶油等的甜麵包

群集の心をつかんだ「DJポリス」が話題に

MP3
033

　ユーモアを①交えた呼びかけで、熱狂する数千人の若者を巧みに誘導した警察官が、ネットやテレビなどで「DJポリス」と呼ばれ、話題と賞賛を集めました。

　6月4日、サッカー日本代表チームがワールドカップ出場を決めた最終予選が埼玉で行われましたが、試合前から懸念されていたのは、渋谷駅前に②繰り出すサポーターたちの③お祭り騒ぎでした。ここには、大きな大会があるたびに熱狂した若者たちが集まり、けが人や逮捕者が出ることもありました。そこで警視庁は4日夜、渋谷駅前の通行規制を実施し、④機動隊を投入して警戒に当たりましたが、最も効果を発揮したのは、20代の男性警察官がマイクで呼びかけた言葉でした。「めでたい日に警察官からイエローカードをもらわないように」「怖い顔をした⑤お巡りさんも、心の中では皆さんと同じように出場を喜んでます」など、威圧的でない言葉遣いが若者たちの共感を呼び、みごとと負傷者・逮捕者をゼロに抑えることができたそうです。

社会

掌握群眾心理「DJ波麗士」爆紅

　　透過語帶幽默的宣導，巧妙地疏導數千名狂熱的年輕人，這名警官被人稱作「DJ波麗士」，在網路和電視引發討論與讚揚之聲。

　　6月4日在埼玉有一場決定日本得以打進世界盃足球賽的外圍賽決賽。比賽前大家都很擔心在澀谷車站前面聚眾加油的球迷。這裡有大型比賽時，總會引來大批狂熱的年輕人，也曾經出現有人受傷、被捕的情況。所以東京都警視廳4日晚上就在澀谷車站前實施交通管制，並派出機動隊嚴陣以待。不過，後來效果最好的，是一名二十幾歲男警官用擴音器宣導的話。「這麼可喜可賀的日子，就別叫警察發黃牌給你了」「警察伯伯看起來凶巴巴，其實心裡也跟大家一樣為日本隊能參賽開心啊」，據說就是這些非高壓式的用字遣詞引起年輕人的認同，最後才能成功地疏散人潮，沒有人受傷，也沒有人被逮捕。

①交えた：「交える」指摻入、混入
②繰り出す：成群結隊、聲勢浩大地出現
③お祭り騒ぎ：像大拜拜一樣喧騰熱鬧
④機動隊：具有集團警備力及機動力，處理重大治安問題及防災任務的警察部隊
⑤お巡りさん：巡警先生、警察伯伯

AKB48が台北（タイペイ）の魅力（みりょく）を①PR

　日本（にほん）で今（いま）最（もっと）も人気（にんき）の②アイドルグループAKB48のメンバーが、台北市（タイペイし）の観光（かんこう）PR番組（ばんぐみ）を撮影（さつえい）するため、7月1日（がつついたち）台北（タイペイ）を訪問（ほうもん）することが決（き）まりました。

　番組（ばんぐみ）に出演（しゅつえん）するのは片山陽加（かたやまはるか）・菊地（きくち）あやか・阿部（あべ）マリアの3人（にん）。これまでAKB48は、国内（こくない）・国外（こくがい）を問（と）わず、イベントや撮影（さつえい）で3日（みっか）以上滞在（いじょうたいざい）することはありませんでしたが、今回（こんかい）は台北市政府（タイペイしせいふ）の③オファーということで、特別（とくべつ）に3泊（ぱく）4日（よっか）のスケジュールが組（く）まれたそうです。阿部（あべ）は「おいしい台湾料理（たいわんりょうり）をずっと食（た）べてみたいと思（おも）っていました」、菊地（きくち）は「台北（タイペイ）の美容法（びようほう）をぜひ体験（たいけん）してみたい」、片山（かたやま）は「台北（タイペイ）には何回（なんかい）も来（き）ています。人情味（にんじょうみ）のあるところが大好（だいす）きです」と、それぞれ訪問（ほうもん）を楽（たの）しみにしている様子（ようす）。

　3人（にん）は北投温泉（ほくとうおんせん）や西門町（せいもんちょう）、饒河街夜市（じょうががいよいち）などを訪（おとず）れて、美（うつく）しい風景（ふうけい）やおいしい食（た）べ物（もの）の数々（かずかず）を紹介（しょうかい）するほか、糸（いと）で顔（かお）の④うぶ毛（げ）を抜（ぬ）く「挽臉（ばんれん）」なども体験（たいけん）するということです。番組（ばんぐみ）「AKB48の悠遊台北（ゆうゆうタイペイ）」は8月下旬（がつげじゅん）に日本（にほん）で放送（ほうそう）される予定（よてい）です。

AKB48宣傳台北魅力

　　日本現在最火紅偶像團體AKB48的成員，將於7月1日造訪台北，錄製行銷台北市觀光的節目。

　　參與節目錄製的是片山陽加、菊地彩香和阿部瑪莉亞3人。過去AKB48參加國內外的活動和攝影，從來沒有待超過3天。這次在台北市政府的邀請下，特別規劃4天3夜的行程。三人都相當期待這次的台北行，阿部瑪莉亞說「我一直很想品嚐美味的台灣料理」；菊地彩香說「想體驗看看台北的美容方式」；片山陽加則說「我去過台北好幾次了，最喜歡台北的人情味」。

　　3人將造訪北投溫泉和西門町、饒河街夜市等地，介紹多種美景美食，還要去試試用線拔除臉部細毛的「挽臉」。「AKB48の悠遊台北」節目預定8月下旬在日本播放。

①PR：＝public relations。（企業、官廳的）公關宣傳
②アイドルグループ：＝idol group。偶像團體
③オファー：＝offer。提議
④うぶ毛：胎毛、汗毛

乗客40人で電車の車両押し、女性救出

　7月22日、さいたま市のJR南浦和駅で、電車から降りようとした女性が①足を踏み外しました。女性はホームと電車の隙間に腰のあたりまで②挟まれて、身動きが取れなくなりましたが、乗客約40人が協力して車両を押し、隙間を広げて、女性を救出しました。

　事故当時、ホームで「人が挟まれました」という③アナウンスが流れると、電車に乗っていた客が自主的に電車を降りて、車両を押していた駅員を手伝いました。女性を助けようと集まる人が徐々に増え、作業開始から数分後、約40人で一斉に電車の側面を押すと、車両が傾き、女性は無事④引き上げられました。救出に成功した瞬間、周囲からは拍手が起こったそうです。

　1両の重さは約32トン。女性は病院に運ばれましたが、けがはありませんでした。JR東日本は「多くのお客様にご協力いただき、ありがとうございました。今後、事故原因と対策を検討していきたい」と話しています。

40名乘客合力推電車車廂　女子獲救

　　7月22日在埼玉市JR南浦和車站,有1名女子下車時不慎踩空跌落,腰部以下被卡在月台和電車的縫隙中,動彈不得。這時有大約40名乘客合力推動車廂,拉大縫隙,救出這名女子。

　　事發當時,月台廣播「有人被卡住了」,就有車上的乘客自動下車,幫車站員工一起推車廂。來幫忙救人的人逐漸增加,從開始推之後,沒幾分鐘就變成大約40個人一起推電車的一邊,總算把車廂推斜,順利拉出這名女子。成功地救出人的時候,現場頓時響起一片掌聲。

　　1個車廂的重量約32公噸。這名女子被送到醫院,檢查後發現沒有受傷。JR東日本表示:「非常感謝多位乘客的協助。我們會找出事故的原因,並研擬對策」。

①足を踏み外す:踩空、踩錯
②挟まれて:「挟む」指夾住
③アナウンス:用麥克風廣播訊息
④引き上げられました:「引き上げる」指拉上來

アルバイト店員の「①悪ふざけ投稿」相次ぐ

MP3
036

社会

　若いアルバイト店員が、仕事場で悪ふざけをしている写真をインターネットに投稿する問題が相次いでいます。

　大手コンビニエンスストアでは、店員が冷凍ケースの中に入り、売り物のアイスクリームの上に②寝そべった写真を③フェイスブックに投稿。このほか、宅配④ピザチェーンの店員がピザ生地を自分の顔に貼り付けた写真を、ハンバーガー店の店員が、積み上げられたパンの上に横になった写真を、それぞれ⑤ツイッターなどに投稿しました。それらの写真はすぐにネットをとおして広がり、「不衛生だ」という苦情が殺到して、チェーンの本社が謝罪したり、店舗を閉鎖するなどの事態に発展しました。投稿した本人も、店を解雇されたり、学校を退学になったケースもありました。

　多くの人が見る可能性があることを考えず軽い気持ちで投稿する若者が多いことに加え、批判しながらも「騒ぎを大きくして楽しもう」と考えるネット利用者が多いことも、このような問題が相次ぐ背景にあるようです。

工讀生「惡搞po照」層出不窮

　　最近年輕工讀生在店裡惡搞po照的問題層出不窮。

　　某知名超商的店員鑽進冷凍櫃，躺在待售的霜淇淋上面，並把這照片po到臉書上。還有某宅配披薩連鎖店的店員把生餅皮貼在自己臉上的照片，某漢堡店店員橫躺在麵包堆上的照片，都被上傳到推特等網站上。這些照片立刻在網路上流傳開來，顧客紛紛向店家投訴「太不衛生了」，最後連鎖店的總公司只得出面道歉，甚至關閉門市。而po照的人也落到被店家解僱、被學校退學的地步。

　　許多年輕人沒有考慮到可能會有很多人觀看，就隨意上傳，再加上不少網友在罵人的同時，也想「把事情鬧大好看熱鬧」，在在都是導致這些問題層出不窮的原因。

①惡ふざけ：造成別人困擾的過度嬉鬧
②寝そべった：「寝そべる」指或趴或躺地橫臥
③フェイスブック：Facebook。臉書
④ピザチェーン：pizza chain。披薩連鎖店
⑤ツイッター：Twitter。推特

①ネット依存の若者、全国に52万人──
政府「ネット②断食」合宿も検討

MP3 037

社会

　チャットやメール、オンラインゲームなどに③のめり込む「ネット依存」の中高校生が全国で推計51万8000人いることが、厚生労働省の研究班の調査でわかりました。調査は去年、全国の中高校生約10万人を対象に実施。「ネットをやめたり、時間を減らすと、④落ち込みやいらいらを感じるか」「ネットのために大切な人間関係や、学校・部活動を⑤危うくしたことがあるか」など全部で8つの項目の中で「はい」という回答が5つ以上ある場合「病的な使用で依存の疑いが強い」と判定されます。調査の結果、依存の疑いが強い生徒は約8%（男子約6%、女子約10%）で、依存度が高いほど「よく眠れない」「午前中の体調が悪い」など、心身の不調を訴える割合が高いこともわかりました。

　このような若者の増加を受け、政府は来年度から、一定の時間インターネットから離れて生活する「ネット断食」の合宿を、ネット依存の小学生から高校生までを対象に実施する予定であることを明らかにしています。

全國52萬名青少年上網成癮
政府研擬推動「禁用網路」訓練營

　　厚生勞動省的研究小組調查推算，日本有51萬8千名國、高中生沉迷於聊天室、電子郵件、線上遊戲，罹患「網路依賴」症。他們去年針對全國約10萬名國、高中生進行這項調查，在「如果不再上網或縮短上網時間，你是否會感到沮喪或焦躁？」「你是否曾因上網而危及重要的人際關係或學業、社團活動？」等總計8個問題中，如果有5題以上答「是」，就判定為「使用情況異常，極可能患有依賴症」。調查發現，有大約8%的學生極可能有依賴症（男生約6%，女生約10%），依賴度越高，出現「睡不好」「上午都不太舒服」等身心不適症狀的比例就越高。

　　有鑑於這樣的青少年越來越多，政府也宣布準備從明年度開始，針對有網路依賴症的國小、國中、高中學生，舉辦「禁用網路」訓練營，訓練學生在一定的時間內不使用網路。

①ネット依存：網路依賴
②断食：禁食
③のめり込む：深陷其中而無法自拔
④落ち込み：情緒低落
⑤危うくする：危及、威脅到。「危うい」指危險

小学館ビルに超豪華な「①落書き」

大手出版社・小学館（東京都千代田区）のビルに豪華な「落書き」が出現しました。1967年に建てられた小学館ビルは、②老朽化のため③建て替えが決まりましたが、9月の④取り壊しを前に、同社の編集者が1階ロビーの壁に落書きをすることを提案。ビルとの⑤別れを惜しむ多くの漫画家たちが呼びかけに賛同しました。落書きに参加した漫画家は、藤子不二雄A、浦沢直樹、高橋留美子、池上遼一など100人以上に上り、それぞれが壁いっぱいに、思い思いの絵を描きました。

当初は公開する予定はなく、まったくの「遊び」として企画された落書きでしたが、テレビや新聞、インターネットなどで取り上げられたことで大きな話題を呼び、8月24日と25日の2日間に限って一般公開することが決まり、8,000人のファンが観覧に訪れました。「文化財級」と評されたこれら豪華な落書きは、画像として保存され、小学館のオフィシャルサイトで9月下旬から順次公開されることが決まっています。

小學館大樓超豪華「塗鴉」

　　大出版社小學館（東京都千代田區）的大樓出現豪華的「塗鴉」。1967年落成的小學館大樓因為老舊而決定改建，該公司的編輯提議在9月進行拆除之前，邀請漫畫家在1樓大廳的牆壁上塗鴉。許多對舊大樓依依不捨的漫畫家紛紛響應，包括藤子不二雄A、浦澤直樹、高橋留美子、池上遼一在內，總計有超過百位漫畫家參加這項塗鴉活動，各自信筆描繪，填滿了所有的牆壁。

　　當初這個塗鴉活動純粹是「圖個開心」而企劃的，並沒有預定要對外公開，不過後來經過電視、報紙、網路大篇幅報導後，引起廣泛討論，於是出版社決定在8月24日和25日這兩天開放參觀，吸引了8千名粉絲到場觀賞。這些被評為「文化財產級」的豪華塗鴉將會以影像的方式保存下來，9月下旬起陸續公布在小學館官網上。

①落書き：在牆壁等不該寫字的地方寫字、畫圖
②老朽化：因老舊而不堪使用
③建て替え：改建
④取り壊し：拆除（建築物）
⑤別れを惜しむ：惜別。「惜しむ」指惋惜、捨不得

ドラマ「半沢直樹」　平成最高視聴率を記録

MP3 039

社会

「テレビ不況」という言葉が聞かれて久しい中、話題を集めたドラマ「半沢直樹」（TBS）の最終回の視聴率が42.2％（関東地方）に達したことがわかりました。これは、①民放ドラマとしては平成に入って最も高い記録です。

「半沢直樹」は、大手銀行に勤める主人公が銀行内の不正と戦いながら、出世を目指すストーリー。金融業界が舞台で、女性の登場人物は少なく、恋愛要素もないという「ないない②尽くし」の内容のため、当初は「ドラマの③メインターゲットとされる女性は見ないだろう」と製作者たち自身も考え、平均視聴率15％程度を目標としていたそうです。

しかし実際に放送を開始してみると、「勧善懲悪」や「上司にも言いたいことは言う」という痛快なストーリーが④受け、視聴率は一度も下がることなく、⑤右肩上がりに増え続けました。主人公の決め台詞「倍返しだ！」は今年の流行語大賞を取るのではないかともいわれています。

電視劇「半澤直樹」收視率創平成年代新高

在「電視業不景氣」一詞流傳已久的情況下，引爆熱門話題的「半澤直樹」（TBS），在最終回收視率衝到42.4%（關東地區），創下平成年代民營電視台戲劇的最高紀錄。

「半澤直樹」是描述一個大銀行職員對抗銀行內部的不當行為，並奮發向上的故事。由於故事背景是金融業，女性角色少，又不含戀愛元素，「該有的都沒有」，當初製作團隊也猜想：「電視劇的主要觀眾太太小姐們應該不會看」，所以把平均收視率目標訂為15%。

沒想到播出之後，其中「勸善懲惡」「對上司也言所欲言」等大快人心的情節廣受好評，收視率一路攀升，一次都沒往下掉。還有人說，這個主角的名言「加倍奉還！」很可能會拿下今年的流行語大獎。

①民放：「民間放送」的簡稱，指民營的廣播公司、電視台

②～尽くし：指完全、都

③メインターゲット：＝main target。主要目標

④受け：「受ける」指受到觀眾、聽眾喜愛

⑤右肩上がり：比喻景氣、業績等蒸蒸日上，宛如圖表中的數值變化往右側上升一樣

伝統文化の入れ墨で入浴拒否

MP3
040

アイヌ語の復興を目指すイベントに講師として招かれたニュージーランドの先住民族①マオリの女性が、北海道の温泉で入れ墨を理由に入浴を断られていたことがわかり、波紋が広がっています。

女性には唇とあごに家系や社会的地位を示す「モコ」と呼ばれる入れ墨があります。イベント後、文化交流の一環として北海道の温泉施設を訪れたところ、入れ墨を理由に入館を断られました。日本では、暴力団の組員などが体に入れ墨をしている場合が多いことから、「入れ墨のある方お断り」という注意書きを②掲げる入浴施設が少なくありません。女性側は「反社会的な入れ墨とは異なる伝統文化だ」と抗議しましたが、施設側は「背景までは判断できないので、一律で断っている」と返答したといいます。

これに対し菅義偉③官房長官は「オリンピック開催にあたり、さまざまな国の人が日本に来る。外国の文化に対して敬意を払い、理解を④おし進めることが大事だ」という⑤異例のコメントを発表しました。

因傳統文化刺青　泡湯被拒門外

　　一名紐西蘭原住民毛利人女士受邀到日本，在愛奴語復興活動中演講，卻在北海道要泡溫泉時，因刺青而被拒門外，這件事引起廣泛議論。

　　這位女士的嘴唇和下顎有一種叫作「moko」的刺青，用來表示出身與社會階級。她在活動結束後，來到北海道一處溫泉館進行文化交流，但館方卻以刺青為由，不讓她進去。日本許多黑道組織成員身上都有刺青，因此有不少澡堂、湯屋都會張貼「刺青者謝絕進入」的告示。據說該女士曾向館方抗議：「這是我們的傳統文化，並不是反社會的刺青」，但館方的答覆是：「我們沒辦法判斷客人的背景，所以一律謝絕進入」。

　　官房長官菅義偉很罕見地特別對此發表意見：「舉辦奧運時，世界各國的人都會來到日本。我們應當尊重外國文化，加強對外國文化的理解。」

①マオリ：＝Maori。毛利人
②揭げる：揭示、公布
③官房長官：「内閣官房長官」的簡稱，掌管內閣官房事務，輔佐內閣總理。相當於內閣祕書長
④おし進める：推進、推動
⑤異例：破天荒、史無前例

天然記念物「①ツシマヤマネコ」を自宅で15年間飼育

社会

②国の天然記念物で、絶滅が心配されている「ツシマヤマネコ」を、長崎県対馬市の男性が15年間にわたって自宅で飼っていたことがわかりました。

環境省によると、10月18日、男性から対馬野生生物保護センターに「飼っているツシマヤマネコの具合が悪くなったので治療してほしい」という電話があり、職員がセンターに運んで治療しましたが、約9時間後に死亡しました。推定15〜16歳、体重約5.5kgのメスで、死因は③老衰と見られています。この男性は、15年ほど前に対馬市の路上でけがをした子どものツシマヤマネコを見つけ、動物病院で治療したあと自宅で飼っていたといいます。

ツシマヤマネコは法律で捕獲が禁止されていて、違反すると罰金または懲役が科せられますが、このケースは悪質性が低いことから、環境省は男性を厳重注意するに④とどめました。一方で、ツシマヤマネコが15年間も飼育された例は大変珍しいため、環境省は男性に飼育状況を聞いて、今後の参考にしたいとしています。

天然紀念物「對馬山貓」在家養了15年

　　一名住在長崎縣對馬市的男子把被列爲國家天然紀念物、瀕臨絕種的「對馬山貓」放在家裡養了15年。

　　環境省表示，10月18日有一名男子打電話到對馬野生生物保護中心說：「我養的對馬山貓身體不舒服，請幫忙治療」，職員把牠載到中心接受治療，但9小時後死亡。這隻雌性對馬山貓體重約5.5公斤，推定年齡約15～16歲，死因據判爲衰老死亡。這名男子表示，他大約15年前在對馬市的馬路上發現一隻受傷的小對馬山貓，把牠帶到動物醫院治療後，就放在家裡養。

　　對馬山貓依法禁止捕獵，違者可處罰款或徒刑，不過這個案件惡性不大，因此環境省只對這名男子進行口頭警告。而對馬山貓養到15年，是十分罕見的例子，所以環境省還想詢問這名男子的飼養情形，以作爲今後的參考。

①ツシマヤマネコ：對馬山貓，是石虎（豹貓）的一種
②国の天然記念物：中央政府（文部科學大臣）指定的國家天然紀念物，包括動物、植物、地質礦物及天然保護區域。至2013年4月有1005種，其中動物有21種
③老衰：衰老
④とどめました：「とどめる」指止於、限於

HIV感染の血液、2人に輸血　うち1人が感染

社会

　①HIVに感染した人が献血した血液が、検査を②すり抜けて2人に輸血されていたことがわかりました。

　日本赤十字社は、献血された血液に対してHIVの検査を行っていますが、感染後1〜3ヵ月は抗体の量が少ないため、感染していても「陰性」の結果が出る場合があります。献血したのは40代の日本人男性で、2012年2月に献血をした際、③問診票の「6ヵ月以内に同性との性交渉があったか」という質問に「いいえ」と、うその④申告をしていました。男性はHIVの検査目的で献血したと見られています。この男性の血液はすでに2人に輸血されていて、そのうち60代の男性がHIVに感染したことがわかりました。

　献血した血液がHIVに感染していても、日本赤十字から献血した人に連絡はしないということですが、それを知らずに検査目的で献血するケースが少なくないと見られています。⑤採取した血液の検査精度を上げるとともに、人々に献血やHIV検査についての正しい知識を広めることが急務だといえます。

愛滋病毒血液輸血給2人 其中1人染病

1名愛滋病患所捐的血液在篩檢時成為漏網之魚，輸血給2人。

日本紅十字會都會針對捐血的血液進行愛滋病毒篩檢，但感染後1～3個月，由於抗體數量太少，即使染病也可能呈「陰性」反應。捐血者是1名四十幾歲的日籍男性，他2012年2月捐血時，在問診表「六個月內是否曾與同性性交」項目中謊報，勾選「無」。據判這名男子是為了驗愛滋病毒而捐血。他的血液已輸血給2人，其中1名六十幾歲的男性確定染病。

捐血的血液即使驗出愛滋病毒，日本紅十字會也不會通知捐血者。可能有不少人都不知道這一點，就捐血來驗愛滋病。當務之急是要設法提高血液篩檢的精準度，同時向人們宣導捐血和愛滋病毒篩檢的正確知識。

①HIV：人類免疫缺乏病毒。human immunodeficiency virus的縮寫，是一種引發愛滋病的病毒
②すり抜けて：「すり抜ける」原指穿過擁擠或狹窄的地方，引申為逃過、躲過
③問診票：接受診療前所填寫的健康狀態問卷
④申告：申報
⑤採取：採集

メニュー偽装、ホテル・百貨店で次々と明るみに

MP3
043

　大阪のホテル運営会社「阪急阪神ホテルズ」が10月22日、実際とは異なる食材をメニューに表示していたことを公表し、それ①を皮切りに、ザ・リッツ・カールトン、帝国ホテルなどの名門ホテルや、高島屋、三越伊勢丹などの大手百貨店も、同様の不当表示があったことを相次いで公表しました。

　不当表示の内容は、メニューに「車エビ」「地鶏」などと表示しながら、実際には価格の安いエビや③ブロイラーを使用したり、脂肪を注入した加工肉を「ステーキ」として提供していたケース、また「フランス産」と表示して、実際には中国産の栗を使うなど産地を偽装したケース、「手作り」や「自家製」と言いながら④既製品を提供していたケースなどがありました。背景には、業界内の⑤モラルの問題に加え、長引くデフレで価格競争が激化していることも挙げられます。

　消費者庁は、現在よりも取り締まりや罰則を厳しくするため、法律の改正を急ぐ方針です。

飯店、百貨公司接連爆出菜單標示不實問題

　　大阪的飯店經營公司「阪急阪神飯店集團」10月22日公開承認菜單上標示的食材與實際不符，接著麗思卡爾頓酒店、帝國大飯店等知名飯店，還有高島屋、三越伊勢丹等大百貨公司也陸續坦承有同樣標示不實的問題。

　　標示不實的內容包括：菜單上標示「日本明蝦」「日本土雞」，實際用的卻是廉價的蝦子和肉雞；有的是拿灌入脂肪的加工肉當作「牛排」來賣；有的是產地標示不實，標示「法國生產」，用的卻是中國產的栗子；有的打著「純手工」「自製」名號，提供的卻是市售的成品。這些的背景因素除了業界的道德問題之外，也包括長期通貨緊縮所導致的激烈價格競爭。

　　消費者廳表示將會儘快修法提高罰則，並依法加強取締。

①〜を皮切りに：以〜為開端、從〜開始
②ブロイラー：＝broiler。指大量養殖的肉雞
③既製品：市售的成品
④モラル：＝moral。倫理道德

ヤギが団地の除草係

　東京都町田市の団地で、ヤギに雑草を食べさせて除草する実験が、9月24日から11月29日にかけて行われました。

　「町田山崎団地」を管理する①都市再生機構（UR）は、団地内にある約5,000平方メートルの空き地にヤギ4頭を放し飼いにして、雑草を食べさせました。ヤギたちは2ヵ月で、ほぼすべての草を②食べつくしました。以前は機械で草を刈っていましたが、ヤギによる除草は騒音や排気ガス、二酸化炭素などを出すこともなく、心配されていた糞のにおいも、それほど気にならなかったそうです。

　ヤギの除草には「③エコ」以外の④思わぬ効果もありました。「のんびりした姿や声に心が和む」と、ヤギが草を食べる様子を眺めに来る住民が⑤日に日に増え、住民同士の会話も増えたそうです。URではコストや除草効果、住民に対して行ったアンケートの結果などを分析して、今後「ヤギ除草」が全国のほかの団地でも実用化できるかどうかを検討するということです。

山羊擔任社區除草員

　　東京都町田市的社區在9月24日到11月29日期間進行一項實驗：讓山羊吃雜草來除草。

　　管理「町田山崎社區」的都市再生機構（UR）在社區內約5000平方公尺的空地放養4隻山羊，讓牠們吃雜草，結果2個月就幾乎吃光了所有的草。社區以前是用除草機割草，靠山羊除草沒有噪音、廢氣、二氧化碳排放的問題，本來擔心羊糞的臭味，後來發現味道也不是很重。

　　山羊除草除了「環保」之外，還有一個意想不到的效果。社區居民說：「牠們悠閒的模樣和叫聲讓人心情平靜」，來看山羊吃草的居民一天比一天多，彼此的對話也變多了。UR表示將分析成本和除草效果以及居民的問卷結果，研究看看「山羊除草」未來是否能推行到全國其他社區。

①都市再生機構（UR）：UR是Urban Renaissance Agency的縮寫。由國土交通省管轄的獨立行政法人，負責市區環境的改善與國宅租賃、管理等業務，又稱UR都市機構

②食べつくしました：「食べつくす」是吃光。「つくす」本指竭盡、用盡，接在動詞連用形後面指徹底…完，沒有任何殘留

③エコ：「エコロジー」＝ecology〈生態學〉的簡稱，現在指對生態環境友善的生活方式

④思わぬ：修飾名詞，指沒料到的、意外的

⑤日に日に：逐日、一天一天地

今年も各地で「①荒れる成人式」

MP3
045

　今年も各自治体で成人式が行われましたが、毎年この時期ニュースになるのが、新成人が起こす数々のトラブルです。北海道の帯広市では、市長がステージの上でお祝いの言葉を述べている最中に、男性十数人が席から立ち、大声を上げながらステージに上がって演壇を蹴るなどして騒ぎました。大阪市では、7、8人が壇上にいる橋下市長に向かって、拡声器で「橋下、元気〜？」などと叫んで大騒ぎし、市長が「出ていきなさい！」と大声で命じる場面がありました。このほか、岡山県倉敷市では、男が成人式の帰りに酒を飲んで車を運転してひき逃げ事故を起こしたり、千葉市では、成人式の前日に市長に対し「②ぶんなぐってやるからよ！」と、ツイッターで暴行を③ほのめかした人物がいたため、県警が警備に④当たるなど、警察が関係するケースもいくつかありました。

　このような「荒れる成人式」は2000年代に入ってから増え始め、「こんな成人式なら廃止にするべき」といった意見も少なくありません。

今年各地依然出現「成人儀式鬧場」

今年各地方政府也都照例舉辦成人儀式，而每年這時會上新聞的，就是新成人引發的各種混亂場面。北海道帶廣市的成人儀式中，當市長正在台上發表賀詞時，有十幾個男生從座位上站起來，大吼大叫地衝上舞台鬧事，還用腳踹演講台。大阪市也出現這樣的場景：有7、8個人拿擴音器對著講台上的橋下市長大喊：「橋下你好嗎？」等字句，換來市長大聲斥呵：「你們幾個出去！」。另外像岡山縣倉敷市也發生有男生在成人儀式結束後回家時，喝酒開車又肇事逃逸。有幾個地方甚至動用到警力，像成人儀式前一天，千葉縣有人在推特寫說要「海K市長一頓」，有要進行暴力攻擊的意味，還勞動縣警出動警察戒備。

進入2000年之後，「成人儀式鬧場」的情況開始增加，也有不少人主張：「像這樣的成人儀式，不如停辦的好」。

①荒れる：這裡指胡鬧、亂來

②ぶんなぐって：「ぶんなぐる」是用力毆打

③ほのめかした：「ほのめかす」暗示、透露（某種合意）

④（〜に）当たる：指努力設法處理（問題等）

「現代のベートーベン」 実は①ゴーストライターが作曲

　「両耳の聞こえない作曲家」として知られていた佐村河内守氏（50）の楽曲が、実は本人が作曲したものではないことがわかり、②波紋を呼んでいます。2月6日、大学講師の男性（43）が記者会見を開き、自身が18年間にわたり佐村河内氏のゴーストライターとしてほとんど全ての楽曲を作っていたことや、佐村河内氏が実は耳が聞こえていたことなどを告白しました。

　佐村河内氏は去年3月の「③NHKスペシャル」で取り上げられたことなど※で反響を呼び、『交響曲第1番《HIROSHIMA》』が10万枚以上を売り上げるなど人気を得ていました。

　ネット上では「騙された！」という怒りの声も出ている一方で、音楽業界やマスコミが「④ハンディキャップ」⑤を売りにすること、そして音楽自体よりも「現代のベートーベン」という作曲家の身の上のストーリーに感動または同情する聞き手にも問題があるのでは、といった意見も出ています。

「現代貝多芬」 其實是找人代筆

　　以「兩耳失聰的作曲家」聞名的佐村河內守（50歲），傳出其實樂曲並非由本人創作的消息，引發廣泛議論。2月6日，一名大學的男講師（43歲）召開記者會，坦承自己18年以來一直擔任槍手，佐村河內守的樂曲幾乎都是他寫的，而且佐村河內守其實並沒有失聰。

　　佐村河內守經由去年3月「NHK特輯」報導後引起廣大回響，人氣直升，《第1號交響曲　廣島》狂賣超過10萬張。

　　網路上有人大罵「被騙了！」，不過也有人質疑音樂界和傳播媒體拿「身障」來搏人氣，也有人認為聽眾不關注音樂本身，而是因「現代貝多芬」這種作曲家的人生際遇而感動、同情，這也有問題。

※問題発覚後、NHKのニュース番組中でキャスターが、また2月のNHK定例記者会見でも放送総局長が、事実に気づかず番組を制作したことについて謝罪した。

①ゴーストライター：＝ghost writer。捉刀人。代替別人寫文章、作品的人
②波紋を呼んでいます：「波紋を呼ぶ」形容影響往外擴散、擴大，就像東西丟進水裡產生的波紋一樣
③NHKスペシャル：スペシャル＝special。是NHK的紀錄片節目
④ハンディキャップ：＝handicap。不利條件、障礙
⑤〜を売りにする：以〜為賣點

マレーシア航空機が消息不明に

MP3 047

　3月8日、マレーシアの①クアラルンプールから中国の北京に向けて出発したマレーシア航空機が突然②消息を絶ち、3月末現在も行方がわからない状態が続いています。機体の故障か、それともテロによるものかなど、詳しい原因も明らかになっていません。

　乗客乗員合わせて239人を乗せたマレーシア航空370便は、現地時間午前0時41分にクアラルンプール国際空港を出発しましたが、その約50分後に地上との交信が③途絶えました。救難信号などは出されていませんでした。ベトナム沖上空で交信が停止した後、旅客機は目的地の北京とは逆の方向へ④引き返したと見られ、当初は南シナ海で捜索が行われましたが、その後マレーシアのナジブ首相が、衛星情報の解析の結果、旅客機はインド洋南部に墜落したと見られると発表。現在、オーストラリア西部のパースから約1850km離れた海域で、日本、オーストラリア、中国、アメリカなど6か国の航空機、計10機が捜索活動を続けています。

社会

馬航客機失蹤

　　3月8日，一架由馬來西亞吉隆坡起飛前往中國北京的馬航班機突然失聯，到3月底仍下落不明。是機體故障，或是恐怖組織所爲，詳細原因至今未明。

　　馬航370號班機載著乘客與機組員總計239人，於當地時間凌晨0點41分自吉隆坡國際機場起飛，約50分鐘後就與地面中斷通訊，也不曾發出求救訊號。專家研判，客機在越南外海上空中斷通訊後便折返，往與目的地北京相反的方向飛行，因此當初曾在南海進行搜尋，但後來馬來西亞總理納吉布宣布，根據衛星資訊分析，客機應是墜落在印度洋南部。目前在澳洲西部伯斯約1850公里外的海域，有日本、澳洲、中國、美國等6國出動計10架飛機持續展開搜尋行動。

①クアラルンプール：＝Kuala Lumpur。馬來西亞首都吉隆坡
②消息を絶ち：「消息」指音訊；「消息を絶つ」指因遇難或失蹤而失去音訊
③途絶えました：「途絶える」指斷絕
④引き返した：「引き返す」指返回

警視庁職員が選ぶ140年間の「十大事件」

MP3
048

　警視庁は、今年創立140周年を迎えたことを記念して、全職員5万人を対象にアンケートを行い、140年の歴史の中で警視庁が関わった「十大事件」を選びました。

　1位に選ばれたのは、1995年に13人の死亡者と約6,300人の負傷者を出した地下鉄サリン事件をはじめとする、一連のオウム真理教による事件でした。「平和と言われていた日本で発生したことは、世界中に衝撃を与えた」「人間の心の中にある弱さを①考えずにはいられない。何かにすがり信じたいという気持ちが、殺人までを正当化してしまう」などが投票理由として挙げられています。2位に選ばれたのは2011年の東日本大震災、3位には1972年、急進的左翼「連合赤軍」が長野県の山荘に人質を取って②立てこもった「あさま山荘事件」が選ばれました。警視庁でこのようなアンケートを行ったのは、1874年（明治7年）の創立以来、初めてだということです。

警視廳職員票選140年來「十大事件」

　　警視廳今年爲了紀念創立140周年，針對全廳5萬名職員進行問卷調查，票選出140年來歷史上與警視廳有關的「十大事件」。

　　第1名是奧姆眞理教所犯下的一連串案件，包括1995年造成13人死亡、6,300人受傷的地鐵沙林毒氣案。票選的理由當中，有人寫道：「這案件發生在向來被稱爲和平的日本，對全世界造成衝擊」「它讓人不由得思考人類內心的軟弱。某種想依賴信仰的感覺，連殺人都給合理化了」。第2名是2011年的東日本大震災，第3名是1972年的「淺間山莊事件」，當時激進的左派份子「聯合赤軍」在長野縣渡假山莊挾持人質與警方對峙。警視廳進行這種問卷調查，是自1874年（明治7年）創立以來的頭一次。

〈警視庁職員が選んだ十大事件〉　　　（※うち4位、7位、10位は未解決事件）

① オウム真理教事件（1995年）
② 東日本大震災（2011年）
③ あさま山荘事件（1972年）
④ 三億円事件（1968年）
⑤ 大喪の礼／即位の礼・大嘗祭（1989、90）
⑥ オウム特別手配3人の逮捕（2012年）
⑦ 世田谷一家殺害事件（2000年）
⑧ 秋葉原無差別殺傷事件（2008年）
⑨ 西南の役（1877年）
⑩ 八王子スーパー強盗殺人事件（1995年）

①考えずにはいられない：不由得思考。「…ずにはいられない」相當於「…ないではいられない」表示想控制也控制不了某種感情或動作。不由得、忍不住
②立てこもった：「立てこもる」指守住某處，拒絕讓外人進入

ジャンル 2

政治・経済

北朝鮮の金正日総書記が死去

MP3
050

　12月19日北朝鮮の国営放送は、金正日・①朝鮮労働党総書記（69）が2日前の17日、②現地視察に向かう列車の中で、心筋梗塞が原因で③急死したと発表しました。金総書記の三男・金正恩氏（28）が、④後継者として公の場に登場してからまだ1年3ヵ月。新しい体制への⑤移行が混乱なく進められるかどうかに周辺国の関心が集まっています。

　28日に国葬、29日に中央追悼大会が行われ、金総書記の「哀悼期間」が終了した30日、朝鮮労働党は正恩氏を朝鮮人民軍の最高司令官に任命したと発表しました。金総書記がトップの地位にあった党、軍、国防委員会のうち、まずは軍における権力継承が行われたことになります。ただ、父親の金総書記は、1980年に党大会で公式に「後継者」となり、94年に金日成国家主席が亡くなるまで、十分な準備期間があったのに対して、まだ28歳と若く、公に登場して間もない正恩氏が、軍を掌握するのは困難だと見る専門家も少なくありません。

政治・経済

北韓金正日總書記過世

　　北韓國營電視台12月19日宣布：朝鮮勞動黨金正日總書記（69歲）在2天前，也就是17日搭火車視察地方的途中，因心肌梗塞猝死。金總書記三子金正恩（28歲）　1年3個月前才正式成為接班人，周邊各國都密切注意北韓的新體制能否順利上路。

　　28日舉行國葬，29日中央追悼大會，30日金總書記「哀悼期間」結束，當天朝鮮勞動黨宣布任命金正恩為朝鮮人民軍最高司令官。金總書記統領的黨、軍、國防委員會三者之中，金正恩先繼承了軍隊的領導權。只不過，他父親金總書記是在1980年黨大會中正式成為「接班人」，到1994年國家主席金日成去世前，有充分的時間為接班做準備。年僅28歲，又公開露面不久的金正恩能否掌控軍隊，這點許多專家都不看好。

①朝鮮勞働党：朝鮮民主主義人民共和國（即北韓）的執政黨，1949年由南北韓勞動黨合併而成，首屆委員長為金日成
②現地視察：（政府官員等）至現場或當地巡視訪察
③急死：突然死去
④後繼者：繼承人
⑤移行：過渡、移轉

「アイヌ民族党」が発足

MP3
051

　アイヌ民族初の政治団体「アイヌ民族党」が１月21日、北海道①江別市で②結党大会を開き、「アイヌ民族に対する差別をなくし、③先住民族としての権利を回復する」という結党宣言を承認しました。

　アイヌ民族は、日本列島の北部に先住してきた民族で、2006年の調査によれば、現在北海道に約２万4000人が住んでいます。アイヌ民族の議員は、地方議会にはいますが、現在国会議員はいません。そのためアイヌ民族党では、来年夏の参議院選挙で候補者を10人④擁立する方針を立てています。基本政策には、アイヌ語を公用語とすることや、幼稚園から大学まで、アイヌ民族の国立教育機関を設置すること、サケ、クジラの捕獲権回復など５つを⑤掲げています。党員資格はアイヌ民族に限らず、「18歳以上の個人」とし、在日外国人の入党も認めています。選挙などの資金面や、アイヌ以外の人からも支持が得られる政策立案などが今後の課題です。

政治・経済

「愛奴民族黨」成立

　　1月21日，愛奴族有史以來第一個政治團體「愛奴民族黨」在北海道江別市召開建黨大會，通過建黨宣言，主張「消除對愛奴民族的歧視，恢復先住民族應有的權利」。

　　愛奴族是原本住在日本列島北部的民族，根據2006年的調查，現在約有2萬4千人住在北海道。愛奴族雖然在地方議會上有民意代表，但還沒出過國會議員。所以愛奴民族黨訂出方針，打算推10個人出馬角逐明年夏天的參議院選舉。同時提出5項基本政策主張，包括以愛奴語為官方語言、設置從幼稚園到大學的愛奴族專屬國立教育機構、恢復鮭魚與鯨魚的捕獵權等。入黨資格不限愛奴族，只規定要「18歲以上的自然人」，在日外籍人士也可入黨。未來待克服的課題在於選舉等方面的資金籌措，還有所提出的政策方案必須獲得愛奴族以外國民的支持。

①江別市：位札幌市近郊，以文教住宅為主的城市。市名源自於愛奴語
②結党：組織政黨
③先住：先來該地居住生活的
④擁立：推選支持（使登上某種地位）
⑤揭げている：「揭げる」指明白宣告（方針、主義等）

シャープと鴻海が業務・資本提携へ

MP3
052

政治・経済

　日本の電機メーカー大手のシャープが3月27日、台湾の鴻海グループと業務・資本提携することを発表しました。また鴻海グループは、シャープの約10%の株式を取得し、①筆頭株主になりました。高い液晶技術でブランドを確立し、2006年まで4年連続で過去最高の売上高を記録したシャープですが、その後、台湾や韓国のメーカーが急速に②台頭し競争が激化したことで、液晶③パネルやテレビの価格が大幅に下落。09年に初めて赤字を計上し、12年3月期には過去最大の最終赤字に転落しました。

　日本のメーカーはこれまで、コストは高くても、高品質の製品を作るため、研究開発から部品の生産、組み立てまで、すべてを自社で行う「垂直統合」④ビジネスモデルにこだわってきました。一方鴻海は、アップルなど有名メーカーの製造を請け負う「⑤受託製造（EMS）」で世界最大手に成長した企業で、今回の提携は、日本型ビジネスモデルの「敗北」を表すという見方もあります。

夏普與鴻海合資、合作

　　日本電機大廠夏普（Sharp）3月27日宣布將與台灣的鴻海集團合作並合資。鴻海已購入夏普約10%的股票，成為最大股東。夏普以高度液晶技術打響品牌，至2006年為止，銷售額連續4年都刷新紀錄，但後來台灣與韓國業者迅速崛起，市場競爭激烈，導致液晶面板及電視價格大幅下滑。2009年夏普首度出現虧損，2012年3月的年度財報赤字創歷史新高。

　　日本製造業向來主張即使成本偏高，也要製作高品質產品，堅持採取「垂直整合」的經營模式，從研究開發到生產、組裝零件全都自己一手包辦。另一方面，鴻海則是世界最大的電子代工廠，為蘋果電腦等大廠提供「電子產品代工服務」。也有人認為，這次的合作案代表日本式經營模式的「敗北」。

①筆頭<ruby>（ひっとう）</ruby>：排名第一的
②台頭<ruby>（たいとう）</ruby>：（勢力）抬頭、興起
③パネル：＝panel。平板。「液晶<ruby>（えきしょう）</ruby>パネル」指液晶顯示器的面板
④ビジネスモデル：business model。企業經營模式
⑤受託製造<ruby>（じゅたくせいぞう）</ruby>：EMS＝electronics manufacturing service。電子專業製造服務、專業電子代工服務

政府「休眠口座」活用構想、銀行業界は反発

MP3
053

政治・経済

　銀行に10年以上放置されたままで、預金者と連絡が取れない「休眠口座」が注目を集めています。

　きっかけは2月、政府がこの休眠口座を財源として活用することを検討していると発表したことでした。①金融庁の推計によると、日本全国の銀行や②信用金庫などで、毎年1300万もの口座が新たに休眠口座になっていて、その預金額は1年③当たり850億円に上ります。政府はこのお金を、東日本大震災の復興のほか、景気や雇用を促進するための資金として使うことを検討しているといいます。しかし、銀行業界は「本人の同意なく、預金を使うのは問題」といった理由から、政府の構想に反発。政府と銀行の間に口座の「争奪戦」が起こったことで、預金者から「自分の口座は休眠口座になっているのか」という④問い合わせが金融機関に殺到し、口座解約が増加するという皮肉な事態も発生しました。口座の活用には、国民の⑤合意を得るための議論がまだまだ必要なようです。

政府欲動「靜止戶」　銀行業反彈

在銀行閒置10年以上，且聯絡不上帳戶持有人的「靜止戶」最近引起大家的關注。

事情的開端在2月，當時政府宣布正在研擬拿這些靜止戶的存款作爲政府的財源。根據金融廳估計，日本全國各銀行及信用金庫等金融機構，每年都增加大約1300萬個靜止戶，存款總額每年高達850億日圓。據說政府研擬拿這些錢來挹注東日本大震災的復興工作，以及作爲振興景氣及就業市場的資金。但銀行界對政府的這項構想大表反對，認爲「未經本人同意即使用其存款有疑義」。諷刺的是，因爲政府與銀行展開帳戶的「爭奪戰」，結果一堆人殺到金融機構詢問「我的帳戶有沒有被列入靜止戶」，結清帳戶的申請件數也變多了。看來關於動用帳戶的事，還需要多方討論，才能獲得全體國民的共識。

①金融庁：內閣的附屬機構，監督管理銀行、證券、保險等金融行政業務
②信用金庫：日本的一種地區型金融機構，簡稱「信金」。
③〜当たり：平均、每〜
④問い合わせ：詢問、打聽
⑤合意：同意、認同

日本国内の全原発が停止

　5月5日、北海道電力・泊原発3号機が定期検査のため発電を止めました。これによって、日本国内の原発50基がすべて停止したことになります。

　原子力発電所は、400日運転したら発電を止めて定期検査をすることが、法律で定められていて、昨年福島第一原発の事故が発生して以降も、国内の各原発が定期検査の時期を順次迎えて停止しました。しかし、原発の安全性をチェックする「原子力規制庁」の設置が遅れていることや、原発の周辺地域が反対していることなどの理由から、停止後に再①稼動した原発は1基もありません。政府の「②第三者委員会」の③検証では、おととしのような④猛暑になった場合、今年の夏は、日本全国で電力が0.3％足りなくなり、特に関西電力⑤管内では約15％も不足すると予測されています。

政治・経済

日本國內核電廠全面停工

　　5月5日，北海道電力公司旗下的泊核電廠3號機暫停發電，以進行定期檢查。如此一來，日本國內的50座反應爐就全數停擺了。

　　法律規定，核電廠運轉400天就要停機做定期檢查，去年福島第一核電廠發生意外後，國內各核電廠也陸續進入定期檢查的時期，一個接一個停機。不過因為檢測核電安全「原子能規制廳」遲遲未能成立，再加上核電廠周邊居民反對等因素，所以沒有任何1座反應爐在停機後重新啟動。根據政府「第三方委員會」的調查，如果今年夏季和前年一樣酷熱，日本全國的電力將出現0.3%的缺口，尤其是關西電力的供電區，預測供電不足的缺口將高達15%。

＊6月8日野田佳彦首相は「国民の生活を守るために、関西電力・大飯原発（福井県）を再稼働すべきだ」という考えを述べた。その後、時岡忍・おおい町町長、西川一誠・福井県知事が相次いで再稼働への同意を表明。16日、立地自治体の同意が得られたとして、政府は再稼働を正式に決定した。

①稼動：機器運作
②第三者委員会：由與當事者無利害關係的第三方組成的委員會，針對事件進行客觀調查
③検証：檢驗、查證
④猛暑：酷暑
⑤管内：轄區、負責管理的區域

川を巨大プールに改造！？
——大阪市「道頓堀プール化①プロジェクト」

大阪市の中心部を流れる道頓堀川を、世界最長のプールに——作家で大阪府市特別顧問の堺屋太一氏が、「大阪10大名物創り」構想の一つとして、こんな計画を明らかにしました。

基本計画では、道頓堀川に、幅12m、長さ800mの「②布函式水槽（布のプール）」を浮かべて、中を水道水で満たし、そこで遊泳します。布函の外側には川の水が流れます。一般客が泳いで楽しむ以外に、「超長水路世界選手権レース」などの競泳大会も開催し、入場料やプールサイドの広告料などで、年間16億円の収入を見込んでいます。営業開始は、道頓堀川の開削400周年に当たる2015年を目指します。

大阪10大名物創りは、地元商店会が堺屋氏に「道頓堀400周年を機に、街を③プロデュースしてほしい」と依頼したことから、構想が始まりました。ほかにも、14年完成予定の日本一の超高層ビル「④あべのハルカス」に「驚愕展望台」を設置したり、大阪駅の大屋根の下に「空中カフェ」をつくる、などの案があります。

政治・経済

河道變超大泳池!?——大阪市「道頓堀泳池改造計劃」

把流經大阪市中心的道頓堀川改造成世界最長的泳池——作家兼大阪府市特別顧問堺屋太一公開宣布這項計劃，這也是「大阪十大名勝開發」構想之一。

它的基本計劃是在道頓堀川中，擺上一座寬12公尺，長800公尺的「布箱式水槽（布材泳池）」，裡面注滿自來水供人游泳，布箱外則是河水。除了一般人可以來游泳戲水之外，還要舉辦「超長水道全球爭霸賽」之類的游泳比賽，含門票及泳池邊廣告費等，一年可望有16億日圓的進帳。計劃在2015年，也就是道頓堀川開鑿400周年時啓用。

大阪十大名勝開發的構想，一開始是當地商店會邀請堺屋太一進行策劃，「希望能利用道頓堀400周年的時機，創造更多商機」。這個構想還包括在預定2014年完工的日本最高大樓「阿倍野HARUKAS」設「驚愕展望台」、在大阪車站的大屋頂下架設「空中咖啡廳」等計劃。

①プロジェクト：＝project。企劃、計劃
②布函：「函」指箱、盒。「布函」指用布做成的箱子
③プロデュース：＝produce。本指生產、製造，日語特指利用各種方式提昇價值
④あべのハルカス：「あべの」指大阪市的阿倍野區，「ハルカス」取自古語「晴るかす」〈一掃陰霾、使豁然開朗〉的諧音

日本の造幣局、バングラデシュの貨幣を製造

MP3 056

　財務省と造幣局は11月13日、バングラデシュの2①タカ硬貨5億枚の製造を受注したと発表しました。

　日本国内では電子マネーの普及などが原因で、貨幣の流通量が年々減っていて、製造ラインに余裕が出ているため、造幣局は外国通貨の製造の受注②に取り組んできたといいます。今回バングラデシュ中央銀行が行った国際③入札には、日本のほかイギリスやドイツなど6カ国が参加し、日本が最も安い約5億2000万円を提示して④落札しました。日本の高い技術力も評価されたといいます。

　造幣局はこれまで、ニュージーランドとスリランカの記念貨幣を製造したことはありましたが、外国の一般流通貨幣を製造するのは、戦後初めてのことです※。

　2タカ硬貨はステンレス製で、直径は2.4センチ、日本円約2円に相当します。2013年の年明けから製造を本格化して、4月下旬から⑤受け渡しを始める予定だということです。

政治・経済

日本造幣局為孟加拉鑄造貨幣

　　財務省和造幣局11月13日宣布：已接到訂單，將為孟加拉鑄造5億枚2達卡硬幣。

　　造幣局表示：日本國內因電子貨幣普及等因素，貨幣流通量逐年遞減，貨幣生產線行有餘力，於是開始積極接受訂單，鑄造外國貨幣。這次孟加拉中央銀行進行國際招標，有日本及英國、德國等6國參與投標，日本以最低金額約5億2千萬日圓得標。日本高超的技術水準也是獲得肯定的因素之一。

　　造幣局過去也曾鑄造紐西蘭及斯里蘭卡的紀念幣，但製造外國的通用貨幣，這還是戰後第一次。

　　2達卡硬幣為不鏽鋼材質，直徑2.4公分，大約等於2日圓。造幣局預定自2013年年初正式生產，4月下旬起分批交貨。

＊戦前では、ロシアやフランス領インドシナ（現在のベトナム・ラオス・カンボジア）などの一般流通貨幣を製造したことがある。

①タカ：達卡（或譯為「塔卡」）。孟加拉的貨幣單位。慣用縮寫為TK，國際標準化符號為BDT。另有輔幣「派士」（paise）。1達卡＝100派士
②（～に）取り組んで：「取り組む」指認真用心做～
③入札：投標
④落札：得標
⑤受け渡し：（這裡指）交貨

自公連立政権が3年ぶり復活

政治・経済

　12月16日の衆議院選挙で、自民党が294議席（前回選挙119議席）を獲得し、公明党と組んだ「自公連立政権」が3年ぶりに復活しました。民主党は前回選挙の308議席から57議席に大きく①落ち込みました。自民党がこれほどまで「②圧勝」した理由としては、対立勢力が分散化したことや、大政党に有利に③働く小選挙区制の特性が、今回特に顕著に現れたことなどが挙げられます。これについては自民党の安倍晋三総裁も「選挙結果は、民主党の3年間の混乱に対するノーという国民の声で、自民党への信頼が完全に回復したわけではない」と低姿勢で語っています。

　一方経済・金融面では、自民党が大胆な金融緩和と物価上昇率2%の目標を強調していることに期待が高まり、28日には株価が今年の最高値を記録。円相場も、1ドル86円30銭まで円安が④進みました。このほか、自民党が⑤選挙公約で、憲法を改正して自衛隊を国防軍と位置付けることを掲げている点については、周辺国から懸念の声も上がっています。

睽違三年　自公兩黨再度聯合執政

　　12月16日的眾議院選舉中，自民黨獲得294席次（上屆119席），與公明黨合組的「自公聯合執政體制」在睽違三年後再度復活。民主黨則是從上屆選舉的308席大跌至57席。自民黨能有如此「壓倒性勝利」，主要原因包括：敵對勢力分散以及小選舉區制有利大黨的特性，在這次選舉中效果尤其顯著。關於這點，自民黨總裁安倍晉三也放低姿態表示：「選舉結果反映國民對民主黨執政這三年混亂局面的不滿，並不代表對自民黨的信任完全恢復」。

　　在經濟、金融方面，自民黨祭出大膽的寬鬆貨幣政策，設定通膨率目標為2%，對此許多人滿懷期待，28日股市衝上2012年最高點。日圓也貶至1美元對86.30日圓。而自民黨在競選公約中言明要修改憲法，將自衛隊定位為國防軍，這點也引發周邊國家的不安。

①落ち込みました：「落ち込む」在此指成績下滑
②圧勝：壓倒性的勝利
③働く：在此指發揮功效、起作用
④進みました：「進む」在此指程度增強、加劇
⑤選挙公約：候選人於競選時保證當選後必定實施的政策等

参院選、自民圧勝

　7月21日、参議院議員選挙が実施され、与党の自民党と公明党が圧倒的勝利を①収めました。今回の選挙では121議席が改選の対象でしたが、自民党が65議席、公明党が11議席を獲得したことで、参議院の議員定数全242議席のうち、約56％を与党が占めることになり、3年間続いた「②ねじれ国会」の状態が解消されました。

　与党が勝利した最大の要因は、③何と言っても、経済政策④「アベノミクス」によって、株価が上がり、円安が進んで輸出産業が活気を取り戻すなど、低迷が続いていた日本経済に対し、「将来よくなりそうだ」という期待感が生まれたことです。また、朝日新聞が選挙後に行った世論調査で、自民党が勝利した理由について、66％の人が「野党に魅力がなかったから」と答えたように、自民に対抗できる勢力がなかったことも大きな要因といえます。選挙後は、来年4月に予定されている消費税増税が実施されるのか、憲法改正が実現するのかどうか、といった問題に注目が集まっています。

政治・経済

參議院選舉　自民黨大獲全勝

在7月21日的參議院議員選舉中，執政的自民黨與公明黨獲得壓倒性勝利。這次選舉有121個席次進行改選，其中自民黨獲得65席，公明黨獲得11席，如此一來，在參議院總計242個席次中，執政黨佔比達56%左右，解除了持續3年的「扭曲國會」。

說來說去，執政黨獲勝的最大原因，就是經濟政策「安倍經濟學」奏效，股價上升，日圓貶值，出口產業恢復活力，使得人們對於長期低迷的日本經濟產生一股期待：「看來以後會好轉」。此外，在朝日新聞選後所做的民調中，關於自民黨勝利的原因，有66%的人回答「因為在野黨沒有引吸力」，可見沒有足以與自民黨抗衡的勢力，也是很重要的因素。選舉結束後，現在大家關注的問題是：是否會如預定在明年4月調升消費稅？是否真的會修憲？

①收めました：「收める」指獲得（成果）
②ねじれ国会：指執政黨和在野黨分別佔眾議院及參議院過半數席次，使重要法案遲遲無法通過。「ねじれ」指扭曲的狀態
③何と言っても：表示比其他的都更加（重要、優異等）
④「アベノミクス」：安倍經濟學，由「安倍」與「エコノミクス」＝economics〈經濟學〉合成

マクドナルド「1000円バーガー」発売——
ファストフードに「高級化」の動き

MP3
059

　日本マクドナルドは7月6日、全国の店舗で、1個1000円の高級バーガー「①クオーターパウンダージュエリー」を30万個限定で発売しました。これまでマクドナルドといえば、「100円バーガー」や「②バリューセット」など、低価格のイメージがあった③だけに、「1,000円バーガー」は発売前から話題を呼び、発売当日は午前中から売り切れる店舗が続出しました。牛丼チェーンの吉野家も、7月4日から、普通の牛丼より200円高い480円の「牛④カルビ丼」と「ねぎ塩⑤ロース豚丼」を全国で発売するなど、ファストフード業界に「高級化」の動きが出てきました。

　ファストフード業界はここ10年以上にわたって、値下げ競争を展開してきました。しかし今年は景気回復への期待感もあり、「脱デフレ」路線へと転換したい考えがあります。ただ、従来の商品を値上げすると客離れを招く恐れがあるため、付加価値のある新メニューを投入し、客単価アップを狙っているものとみられています。

麥當勞推「1000日圓漢堡」──速食業「高檔化」動向

　　日本麥當勞7月6日在全國同步推出1個1000日圓的高級漢堡「足三兩珠寶」，限量30萬份。因為麥當勞以往都給人低價的印象，像是「100日圓漢堡」、「超值餐」，所以「1000日圓漢堡」未上市先轟動，推出當天，上午就開始出現門市銷售一空的情況。牛丼連鎖店吉野家也從7月4日起，全國同步推出比普通牛丼貴200日圓的480日圓「五花牛肉丼」和「蔥鹽里肌豬肉丼」。速食業開始出現「高檔化」動向。

　　速食業這十幾年一直都在進行削價競爭，但今年感覺景氣可望復甦，因此有人就想改走「脫離通貨緊縮」路線。不過，如果調高原有商品的售價，恐怕會失去顧客，所以才推出有附加價值的新餐點，試圖提高客單價。

①クオーターパウンダージュエリー：＝Quarter Pounder Jewelry。字面意思是4分之1磅（＝3.02兩）珠寶。牛肉量為普通漢堡的2.5倍，搭配頂級食材，並像珠寶一樣裝在特別的盒子和提袋出售

②バリューセット：＝Value Set。超值組合餐

③～だけに：正因為～，所以更加

④カルビ：源自韓文「갈비」，指肋骨附近的五花肉

⑤ロース：源自「ロースト」＝roast〈烤肉〉，也就是適合烤肉用的肉。指肩背部的里肌肉

東京オリンピック開催決定——
1. ①招致活動の成功

MP3
060

政治・経済

　9月7日アルゼンチンのブエノスアイレスで開かれた国際オリンピック委員会（IOC）の総会で、2020年夏のオリンピック開催地に東京が選ばれました。招致②プレゼンテーションで東京は、準備金としてすでに4000億円を用意するなど十分な財源があること、交通網・宿泊施設といった都市基盤が充実していること、そして治安のよさなどをアピール。トルコのイスタンブールとの間で行われた決選投票で、60対36と大差をつけて勝利を収めました。

　前回16年オリンピックの招致に失敗した原因の一つとして、国民の支持率が低かったことが挙げられます。IOCの調査によると、4年前、オリンピック招致に対する東京都民の支持率は56％と、立候補都市の中で最低でした。そこで東京都は去年8月、ロンドンオリンピックでメダルを獲得した選手の凱旋③パレードを開催するなど、招致④ムードを盛り上げること⑤に力を注ぎ、その結果、今年3月に行われたIOC調査では支持率が70％にまで上昇しました。

2020年東京奧運——1. 申奧成功

　　9月7日，在阿根廷布宜諾斯艾利斯舉行的國際奧委會（IOC）全會上，經過票選，決定2020年夏季奧運主辦地為東京。東京代表團在申奧說明會上強調：東京已備妥4千億日圓的準備金，財源充足，且交通網及住宿設施等都市功能完備、治安良好。最後和土耳其的伊斯坦堡進入最後一輪票選，並以60票對36票的差距大獲全勝。

　　上次申辦2016年奧運失敗，原因包括國民的支持率過低。根據IOC的調查，4年前東京民眾對申奧的支持率為56%，是候選城市中最低的一個。於是這回東京都全力炒熱申奧氣氛，去年8月還舉辦倫敦奧運獲獎選手的凱旋遊行。今年3月IOC調查時，支持率果然升到了70%。

①招致：招徠。這裡指申請舉辦（奧運）
②プレゼンテーション：＝presentation。簡報、說明
③パレード：＝parade。遊行
④ムード：＝mood。氣氛
⑤（～に）力を注ぎ：傾注力量於～、專心致力～。「注ぐ」指傾注

東京オリンピック開催決定——
2. 経済効果と課題

MP3 061

政治・経済

　自身もブエノスアイレスに向かい、招致プレゼンテーションでスピーチを行った安倍首相は、開催決定後、現地で開かれた記者会見で「15年続いた①デフレを、五輪開催決定を②起爆剤として③払拭したい」と語りました。東京都は、五輪関連施設の整備などによる直接的な経済効果は、今後7年間で約2兆9600億円に上り、約15万人の雇用が生まれると予想。大和証券では、さらに広い目で見た経済波及効果は150兆円に達するという試算を出しています。

　最大の課題は、何といっても福島第一原発の事故処理です。安倍首相はプレゼンテーションで「汚染水問題はコントロールされている」と発言しました。しかし、汚染水から放射性物質を取り除くために導入された新型装置「ALPS」が、不具合の連続でいまだに本格的に稼動していないなど、依然事故処理の④めどが立っていないのが実情です。また、オリンピックのために東北被災地の復興が⑤後回しにならないかどうかについても、注視していく必要があります。

2020年東京奧運——2. 經濟效果與課題

　　安倍首相親自來到布宜諾斯艾利斯，在說明會上場演說，並於票選確定後，在當地召開記者會表示：「希望這次申奧成功能成為引爆劑，促進經濟發展，擺脫長達15年的通貨緊縮。」東京都預估：建設奧運相關設施所產生的直接經濟效果，在未來的7年內上看2兆9600億日圓，創造15萬個工作機會。大和證券從較廣泛的層面，試算出經濟波及效果高達150兆日圓。

　　舉辦奧運最大的課題，在於福島第一核電廠的事故處理。安倍首相在說明會上表示：「核汙水問題已在控制中」，但實際上事故處理的進度仍然無法確定，為了去除核汙水中輻射物而引進的新設備「ALPS」，也因機器一再出問題，尚未正式啟用。而東北災區的復興工作是否會因奧運而被往後延，這點也需要大家的持續關注。

①デフレ：＝デフレーション（deflation）。通貨緊縮
②起爆剤（きばくざい）：引爆劑，也指引發各種反應的原因
③払拭（ふっしょく）：消除、除去（髒汙、汙點）
④めどが立（た）っていない：沒有頭緒。「めど」指大致的目標
⑤後回（あとまわ）し：把順序排到後面

中国信託銀行、東京スター銀行①買収へ——外銀の邦銀買収は初

MP3 062

政治・経済

　台湾の中国信託商業銀行が、②中堅地方銀行の東京スター銀行を520億円で買収することを、10月31日、正式に発表しました。日本の銀行を外国の銀行が買収するのは初めてのことです。③持ち株会社・中信金控の呉一揆総経理は記者会見で「④アベノミクスや2020年のオリンピック決定で、今後の日本経済の⑤見通しは明るい」と述べ、これから台湾や中国、東南アジアに進出する日本企業に融資や情報提供を行ったり、外国の企業が日本の企業に事業提携、技術協力を⑥申し込むサポートをするなどの事業を展開していく考えを示しました。首都圏を中心に31店舗を持つ東京スター銀行を買収することで、中国信託銀行は12の国・地域に約100ヵ所の海外拠点を持つことになります。

　中国信託側は2013年の夏以降、東京スター銀行の主要株主であるアメリカの投資ファンドなどと、取得価格について交渉していました。日台双方の金融当局から買収認可を受けたうえで、14年3月末までに買収を完了する予定です。

中國信託銀行併購東京之星銀行——
外資銀行併購日本銀行首例

　　台灣的中國信託商業銀行10月31日正式宣布：將斥資520億日圓併購中等規模的地方銀行－東京之星銀行，創下外資銀行收購日本銀行的首例。中信銀的控股公司中信金控吳一揆總經理在記者會上指出：「安倍經濟學奏效，加上2020年的東京奧運，今後日本經濟前景看好」，並說明未來發展的方向：提供融資及各種資訊給要前進台灣和中國、東南亞的日本企業，也會協助媒合外國企業與日本企業的合作與技術支援。中信銀併購在首都圈擁有31家分行的東京之星銀行之後，在海外的據點將增加到100個左右，遍及12個國家和地區。

　　中信銀從2013年夏季開始，就和美國投資基金等東京之星銀行的主要持股者交涉收購價格。預定收購案經台日雙方金融主管部門核准後，將於2014年3月底前完成。

①買収（ばいしゅう）：這裡指收購
②中堅（ちゅうけん）：指人物或團體的地位或規模雖然沒有排在前幾名，但在團體的中心位置，有一定的貢獻
③持ち株会社（もちかぶがいしゃ）：控股公司。指擁有該公司股權，掌控營運的公司，也稱母公司
④アベノミクス：＝Abenomics。安倍經濟學。安倍＋economics〈經濟學〉組成的詞
⑤見通し（みとお）：展望、預測
⑥申し込む（もうしこむ）：申請

安倍首相が靖国神社を参拝

政権が発足して丸1年が経った12月26日、安倍首相が靖国神社を参拝しました。中国と韓国のメディアはこれを速報で報道し「国際社会と日本の民衆の反対を無視して参拝を①断行した」「日本の政治は②右傾化が進んでいる」などと激しく非難しました。またアメリカ大使館も「日本の指導者が近隣諸国との緊張を悪化させるような行動をとったことに、米政府は失望している」と異例のコメントを発表しました。

全国紙、地方紙を含めた日本国内の新聞各紙でも、③A級戦犯が④合祀されている靖国神社を参拝することや、日本の外交に大きなマイナス要因をもたらしたことなどについて、批判的論調が多数を占めました。しかし、安倍首相が自身のフェスブックで参拝を報告すると、「いいね！」が7万件を超え、東京オリンピックの開催決定時の約17万件に次ぐ多さに達するなど、一方で参拝を支持する層が存在することも事実です

政治・経済

安倍首相參拜靖國神社

　　安倍首相在執政滿1周年的12月26日這天，前往靖國神社進行參拜。中國和韓國的媒體都以新聞快報處理，並嚴厲譴責：「安倍首相無視國際社會與日本民眾的反對，悍然進行參拜」「日本政治正走向極右道路」。美國駐日大使館也罕見地發表聲明：「日本領導者此舉將導致與鄰國的緊張關係加劇，美國對此感到失望」。

　　日本不論全國性和地方性的報紙也都出現許多批判的聲浪，包括不該參拜同時供奉甲級戰犯的靖國神社，並表示此舉已對日本外交帶來嚴重的負面影響。但另一方面，安倍首相在自己的臉書公布參拜的事之後，也有超過7萬人按「讚」，僅次於東京申奧成功時的17萬人，可見確實也有一些人支持參拜。

＊⑤共同通信社（きょうどうつうしんしゃ）が12月（がつ）28・29日（にち）に実施（じっし）した緊急電話世論調査（きんきゅうでんわよろんちょうさ）では、参拝（さんぱい）したことが「よかった」と答（こた）えた人（ひと）の割合（わりあい）は43.2％、「よくなかった」は47.1％。また、参拝（さんぱい）について「外交関係（がいこうかんけい）に配慮（はいりょ）する必要（ひつよう）がある」と考（かんが）える人（ひと）は69.8％で、「配慮（はいりょ）する必要（ひつよう）はない」の25.3％を大（おお）きく上回（うわまわ）った。

①断行（だんこう）した：「断行（だんこう）」指不顧他人的反對或困難，以強硬的態度行事
②右傾（うけい）：傾向保守、大民族主義等右派思想
③A級戰犯：A級戰犯的罪名為破壞和平，指在侵略戰爭中居主導地位，計劃、準備、執行戰爭的戰犯
④合祀（ごうし）：合於一處祭祀
⑤共同通信社（きょうどうつうしんしゃ）：日本知名通訊社之一，提供日本各報社、NHK及民間電台國內外新聞及照片、相關資訊

「フン害」対策で「①犬税」導入へ

MP3
064

　大阪府泉佐野市が「犬税」を2014年度中に導入する方針を明らかにしました。犬税は犬を飼っている人から一律に徴収し、路上に放置されたフンを清掃したり、監視の②見回りを強化するための費用などとして使います。

　泉佐野市では去年7月、フンを拾わずに放置した飼い主に対し1,000円の③過料（罰金）を取ることを決め、10月からは金額を5,000円に引き上げましたが、「フン害」が依然減らなかったため、市内の飼い主から一律に、年1,000～2,000円ほどの税金を取る方針に変更したといいます。

　犬税はドイツやオーストリア、スイスなどの国で実施されています。日本では現在、犬税を実施している自治体はありませんが、明治時代には馬や兎などを飼う場合にかかる「動物税」が多数存在しました。犬税も、一番多かった1955年には2,686の自治体で実施されていましたが、1982年に長野県の四賀村（現・松本市）で廃止されたのを最後になくなりました。泉佐野市で実施されれば、30数年ぶりに犬税が復活することになります。

政治・経済

爲防治「糞害」課徵「犬稅」

大阪府泉佐野市宣布將於2014年開始課徵「犬稅」。犬稅的課徵對象是所有養狗的人，用來清掃路面未被清理的狗糞，或是加強巡邏糾察之用。

據瞭解，泉佐野市在去年7月時開始對未撿拾狗糞的飼主開罰1千日圓，10月時再把罰鍰提高爲5千日圓，但「糞害」依然不見改善，所以才決定改變方針，向市內所有的飼主統一課收一年1000～2000日圓左右的稅金。

德國、奧地利、瑞士等國都有開徵犬稅。日本雖然現在沒有一個地方政府課徵犬稅，但明治時代也有過不少養馬、養兔子等動物要課徵「動物稅」的例子。日本犬稅的極盛期是在1955年，當時有2,686個地方政府都有課徵犬稅，後來逐漸廢除，1982年長野縣的四賀村（現今松本市）廢除後，全日本就都沒有犬稅了。如果泉佐野市開始課徵犬稅，代表犬稅將在暌違三十多年後再度復活。

①犬稅：日本在明治時代開始徵收「犬稅」，起因於當時有狂犬病，因此要求飼主繳稅作爲狂犬病防治之用。但1950年起施行「狂犬病預防法」，規定飼主須帶狗施打狂犬病疫苗後，狂犬病逐漸在日本消失，再加上只針對狗課稅有失公平等因素，後來全國各地相繼廢除

②見回り：巡邏

③過料：指行政機關所處分的行政罰鍰，有別於刑法上的罰金

日本の貿易赤字、過去最大

政治・経済

2013年の日本の貿易収支は11兆4745億円の赤字で、過去最大の赤字額になりました。東日本大震災の影響で2011年に赤字に転落して以降、3年連続の赤字です。

赤字が続いている原因は、原子力発電所の運転を停止しているため、火力発電に使う原油や①液化天然ガス（LNG）の輸入量が増えたことに加え、台湾や中国から②スマートフォンの輸入が増えたこと、そして最近の円安の影響で、原油・LNGを含めた輸入原料の値段が相対的に上がっていることなどがあります。

当初は、円安が進めば日本から輸出する製品の値段が安くなるため輸出量が増え、貿易は黒字に転じると期待されていましたが、現実は必ずしも期待通りにはいっていません。③リーマンショック後、歴史的な円高が進んだ時期に、多くの日本メーカーの工場が海外に移転したこと、そして海外メーカーの製品の品質が以前より上がり、競争力をつけていることなどがその原因です。

日本貿易逆差創新高

2013年日本的貿易收支爲逆差11兆4745億日圓,貿易收支短絀的金額創歷史新高。因東日本大震災之故,貿易收支在2011年由順差轉爲逆差,之後連續3年都是赤字。

貿易逆差持續的原因在於:核電廠全面停機,導致火力發電所需的原油及液化天然氣進口量大增,再加上從台灣和中國進口的智慧手機數量上升,而且因爲日圓貶值的緣故,包括原油和天然氣在內的進口原料價格都相對上漲。

當初人們期待的是:若日圓繼續貶值,日本出口產品的價格將會下降,出口量增加,貿易就可能轉虧爲盈,但現實並不如預期。因爲在2008年金融海嘯後日圓狂升之際,許多日本製造業都已把工廠遷往海外,再加上外國廠商的產品品質也比以前提升,競爭力大增。

①液化天然ガス（LNG）：液化天然氣。LNG是liquefied natural gas的縮寫
②スマートフォン：smartphone。智慧型手機
③リーマンショック：＝Lehman Shock（日製英語）。指2008年雷曼兄弟公司破產引發的金融危機

仮想通貨「ビットコイン」大手取引所が経営破綻

インターネット上の仮想通貨「①ビットコイン」の世界②有数の取引所「Mt.Gox（マウント・ゴックス）」が経営③破綻し、世界中の利用者の間で不安が広がっています。

ビットコインは世界各国の④プログラマーが関わって開発し、2009年から流通し始めた一種のデータで、ネット通販などの支払いや国際送金に利用されるほか、レストランなど一部の実際の店でも使われています。取引所で円やドルなど現実の通貨と交換して入手し、逆にビットコインを現金に換えることもできます。投機の手段として購入する人もいて、去年初めには約1,000円だった1ビットコインが、12月には100倍の10万円以上にまで高騰しました。

しかし2月28日、東京に拠点を置く取引所マウント・ゴックスが突然の経営破綻を発表。同社はその原因を、利用者から預かったもの及び会社自身が保有していたもの、合わせて85万ビットコイン（約114億円相当）が、⑤ハッカー攻撃によって盗まれたためと説明しています。

政治・経済

虛擬貨幣「比特幣」主要交易所破產

　　全球規模數一數二的網路虛擬貨幣「比特幣」交易所Mt.Gox破產，世界各地使用者憂心忡忡。

　　比特幣是由來自世界各國的程式設計師參與開發，自2009年開始流通的一種數據，能在網路商店付款、進行國際匯款，甚至能在部分餐廳等實體店舖使用。你可以透過交易所，用日圓、美金等實體貨幣換得比特幣，也可以反過來把比特幣換成現金。也有人把它買來當作投機工具，去年初大約1比特幣兌1000日圓，到12月暴漲到10萬日圓以上，漲了100倍。

　　但就在2月28日，以東京為據點的Mt.Gox交易所突然宣布破產。該公司解釋是因為有駭客入侵，竊取了客戶存入的比特幣和公司擁有的比特幣，總計85萬單位（相當於大約114億日圓）。

①ビットコイン：＝Bitcoin。比特幣
②有数：屈指可數
③破綻：（營運或關係）無法繼續下去
④プログラマー：＝programmer。程式設計師
⑤ハッカー：＝hacker。駭客

アフリカ・①ジンバブエが日本円を法定通貨に

MP3
067

アフリカ南部の国ジンバブエで、9つある法定通貨の1つとして日本の円が採用されたことがわかりました。

ジンバブエでは②ムガベ大統領による独裁支配が続いていて、中央銀行が政府に要求されるまま次々と紙幣を印刷して財政赤字を補った結果、2008年に③ハイパーインフレに陥りました。ひどい時には24時間で物価が2倍になるといった事態も発生しました。そのため、完全に信用を失ったジンバブエ・ドルは廃止され、09年からアメリカドル、ユーロ、イギリスポンド、④南アフリカ・ランド、⑤ボツワナ・プラの5つの通貨を採用。紙幣が不足していることから、今年1月さらに日本円、中国人民元、オーストラリアドル、インド・ルピーを通貨に加えました。

ただ、実際に流通しているのは主にアメリカドルと南アフリカ・ランドで、見慣れない日本円を使おうとしても、商店などですぐに受け取ってもらえるかどうかはわからない、ということです。

政治・経済

非洲辛巴威納日圓爲法定流通貨幣

　　非洲南部的辛巴威共和國訂定9種貨幣爲法定流通貨幣，日圓也是其中之一。

　　辛巴威在穆加比總統長期的獨裁統治下，中央銀行任憑政府予取予求，不斷印製紙幣以彌補財政赤字，終於在2008年陷入惡性通貨膨脹。嚴重的時候物價曾24小時飆升1倍。完全失去信用的辛巴威幣最後被作廢，2009年起改用美元、歐元、英鎊、南非的蘭特、波札那的普拉等5種貨幣。後來因爲紙幣不足，今年1月再把日圓、人民幣、澳元、印度的盧比也納入流通貨幣。

　　但據說辛巴威實際上流通的貨幣還是以美元和南非蘭特爲主，要用當地人不熟悉的日圓，店家未必會立刻接受。

①ジンバブエ：＝Zimbabwe。位於非洲南部的內陸國，1980年脫離英國獨立

②ムガベ：穆加比。全名爲Robert Gabriel Mugabe，1980年出任辛巴威共和國總理，1987年擔任總統至今

③ハイパーインフレ：＝「ハイパーインフレーション（Hyperinflation）」的簡稱。惡性通貨膨脹

④南アフリカ・ランド：＝South African Rand，南非（貨幣）蘭特，代號ZAR

⑤ボツワナ：波札那，位於辛巴威西南邊，南非北邊的內陸國

スポーツ・文化

携帯ゲーム会社DeNA、プロ野球に参入

MP3
069

　携帯電話①向けゲームサイトなどを運営する「ディー・エヌ・エー（DeNA）」が、プロ野球の②横浜ベイスターズを「③東京放送（TBS）ホールディングス」から95億円で買収することが12月1日、正式に決まりました。

　DeNAは1999年、④ネットオークション運営会社として創業し、2006年に開始した携帯電話専用ゲームサイト「モバゲー」の⑤ヒットで急成長した会社です。社員採用の募集要項に「初任給は新卒採用の常識にとらわれず、能力に応じて年俸600万〜1000万円」と記載したことでも話題になりました。かつては鉄道会社や映画会社などが親会社になることが多かった日本のプロ野球ですが、2000年代に入ってからは、楽天、ソフトバンク、そしてDeNAと、IT企業が続々参入しています。ベイスターズは4年連続最下位と低迷が続いていますが、新オーナーに就任した春田真会長（42）は「5年以内に優勝」という目標を掲げ、意欲を燃やしています。

スポーツ・文化

手機遊戲新貴DeNA入主職棒

　　手機遊戲平台公司「DeNA」12月1日正式決定以95億日圓，從「東京放送（TBS）控股公司」手中收購職棒橫濱海灣之星隊。

　　DeNA創業於1999年，一開始經營網路拍賣，2006年推出手機專用社群遊戲平台「Mobage」一炮而紅，公司急速成長。在徵人啓事寫道「本公司不限於一般新鮮人薪資行情，起薪依能力提供年薪600～1000萬日圓」也一時蔚為話題。以前日本職棒的母公司多半是鐵道公司或電影公司，2000年代起，樂天、軟體銀行和DeNA等資訊科技公司陸續入主職棒。橫濱海灣之星表現欠佳，已連續4年排名墊底。新老闆春田眞會長（42歲）鬥志昂揚地發下豪語，要「5年內奪冠」。

①～向け：指以～為對象、針對～（而設計製造）的
②橫浜ベイスターズ：橫濱海灣之星（Yokohama BayStars），是一支隸屬日本職棒中央聯盟的球隊
③東京放送ホールディングス：Tokyo Broadcasting System Holdings, Inc.。東京放送控股公司，旗下子公司包括TBS電視台
④ネットオークション：net auction。網路拍賣
⑤ヒット：大受歡迎

東大「入学を春から秋へ」①中間報告発表

　東京大学は1月20日、これまでの春入学を廃止し、秋入学へ全面移行することを目指す②素案を、中間報告として発表しました。学内の合意が得られれば、数年後から実施されるということです。

　秋入学移行の最大の目的は、大学の国際競争力を高めることにあります。東大の学部における留学生の割合は1.9％で、ハーバード大の10％、ソウル大の6％、北京大の5％と比べても低い値です。多くの国々で秋入学が一般的なのに対し、日本では入学・卒業の時期が半年③ずれていることが障害の一つになっていると考えられます。一方、入学試験の時期は変更せず、合格から入学までの半年間は、勤労やボランティアなどを体験させ、「受験競争で染み付いた④偏差値重視の価値観を⑤リセット」し、学生たちに自主的に学ぶ姿勢を身に付けさせたいとしています。ただ、日本の企業や官庁は基本的に春に一括採用するため、秋の卒業では就職に不都合であるといった問題もあります。

スポーツ・文化

東大期中報告「開學由春季改爲秋季」

　　東京大學1月20日發表期中報告，提出廢除以往春季入學制，全面改爲秋季入學制的初步草案。若經校內決議通過，幾年後就會開始實施。

　　改爲秋季入學，最重要目的是要提升大學的國際競爭力。東大的大學部中，留學生占1.9%，比哈佛大學的10%，首爾大學的6%，北京大學的5%都來得低。專家認爲其中一大阻因在於：大部分國家都是秋季入學，和日本入學、畢業時間差了半年。另一方面，東大不更改入學考的時間，校方打算讓學生在上榜到入學的半年期間，透過勞動服務及志工服務等體驗，「改變因考試壓力形成的成績至上價值觀」，讓學生養成主動學習的態度。只不過，日本企業和政府機構基本上都是在春季統一徵才，秋季畢業可能會造成學生就業上的不便。

①中間報告（ちゅうかんほうこく）：研究、調查等的中途報告
②素案（そあん）：僅勾勒大致框架的草案
③ずれている：「ずれる」指偏離、不符合
④偏差值（へんさち）：標準分數或 z 分數（z score）。以標準差爲單位，標示個體在群體中所處的相對位置
⑤リセット：reset。重新設定

ダルビッシュ、日本人最高金額でメジャー移籍

MP3
071

　プロ野球・①日本ハムファイターズのダルビッシュ有投手が、1月18日、アメリカ・大リーグの②テキサス・レンジャーズと正式契約を交わしました。年俸は6年で総額6000万ドルと、日本人選手のメジャー初契約時の金額としては過去最高を記録しました。レンジャーズから日本ハムに支払われる③入札金と、契約金を合わせると、総額1億1170万ドルになり、大リーグの歴代選手の契約を見ても、過去にこの金額を上回った投手は5人しかいません。2010年、11年と連続して④ワールドシリーズで敗れているレンジャーズが、ダルビッシュにかける期待の高さがわかります。

　ダルビッシュ選手は、大阪府出身の25歳。イラン人で元サッカー選手の父と日本人の母との間に生まれました。高校の野球部では1年生の時からエースの座に就き、甲子園にも4回出場しました。2005年に日本ハムに入団。2010年には日本プロ野球で最高年俸の5億円に、最年少で到達したことでも話題になりました。

スポーツ・文化

達比修創日本選手最高價轉戰大聯盟

　　職棒日本火腿鬥士隊的投手達比修有，1月18日和美國大聯盟德州遊騎兵隊正式簽約。簽定的年薪爲6年6千萬美元，是歷年日本球員初入大聯盟時的最高價。遊騎兵付給日本火腿的競標金，再加上簽約金，總計1億1170萬美元，放眼歷年大聯盟球員的合約，高於這個金額的投手也只有5人。由此可見，至2010年連續11年在大聯盟總冠軍賽嚐敗績的遊騎兵，對達比修的期待有多高了。

　　達比修來自大阪府，現年25歲。他的母親是日本人，父親是伊朗人，曾經是足球選手。他高一就成了棒球校隊的王牌投手，4度參加甲子園全國高中棒球賽。2005年加入日本火腿，2010年時年薪達日本職棒最高價5億日圓，是有史以來最年輕的一人，也是當時的熱門話題。

①日本ハムファイターズ：全名爲「北海道日本ハムファイターズ」＝Hokkaido Nippon-Ham Fighters。北海道日本火腿鬥士隊
②テキサス・レンジャーズ：Texas Rangers。德州遊騎兵隊
③入札金：競標金。「入札」指（工程、交易等的）競標。依美日職棒協議，日本職棒選手（非自由球員者）有意轉入美國大聯盟時，須公開招標，與出價最高的球隊簽約。競標金歸原日本球隊
④ワールドシリーズ：＝World Series。美國職棒大聯盟的總冠軍賽，由美國聯盟的冠軍對戰國家聯盟的冠軍

ドラえもんが生物でないのはなぜ！？
――中学の入試問題が話題に

MP3
072

　99年後に誕生する予定のネコ型ロボット「ドラえもん」。この「ドラえもん」がすぐれた技術で作られていても、生物として認められることはありません。それはなぜですか。理由を答えなさい――名門校として知られる、私立・麻布中学の入学試験でこんな問題が出され、それがインターネットや新聞で①取り上げられたことから、大きな話題になりました。

　試験後、受験情報サイトに掲載された解答例は「ドラえもん自身が成長したり、子孫を残すことができないから」でした。しかしネット上では、「ドラえもんも精神的には成長している」とか「単細胞生物の中には分裂して増えるやつもいる。ドラえもんもフエルミラー※なんかで自己複製できるぞ！？」など、例題に対する②異論も見られました。このほか「成長したり、子どもを作ったりしないのは、無職で未婚の自分も同じだ」として「そうか、俺も生物じゃなかったのか」といった「③自虐的な」④コメントもありました。

國中入學考題引爆話題：為什麼多啦A夢不是生物!?

　　預定在99年後才會誕生的貓型機器人「多啦A夢」，儘管製作技術精湛，但仍不被視為生物。請回答原因為何──名校私立麻布中學在入學考時出了這麼一道題目，經網路及報紙報導，引起廣泛討論。

　　考試結束後，考情網站所公布解答範例是：「因為多啦A夢本身不會成長，也無法留下後代」。不過網路上有人對這個解答很有意見，說「多啦A夢在精神方面也是有所成長的」、「有些單細胞生物都能分裂增生，何況多啦A夢還能靠增加鏡複製自己呢!?」。還有頗為「自虐」的評論，說「沒有成長、沒生小孩，跟無業、未婚的我一樣」，結論是「原來我也不算生物啊」。

※「増える」＋「ミラー（mirror）」。
　多啦A夢故事中一種可以複製鏡中人、物的道具。中文譯名：增加鏡。

①取り上げられた：「取り上げる」指提出來（作為談論的主題）
②異論：異議、不同的意見
③自虐的：自虐式的、自我折磨
④コメント：comment。評論、意見

サラリーマン①川柳　1位は「どうでもいい夫婦」

MP3 073

　今年も、人気企画「②サラリーマン川柳コンクール」の投票結果が発表されました。

　今回4,563票を集めて第1位に輝いたのは「いい夫婦今じゃどうでもいい夫婦」でした。新婚のころは「いい夫婦」だったのに、時間が経った今では、お互いのことを「どうでもいい」と思うようになってしまったという意味で、多くの熟年夫婦の共感を得たのかもしれません。第2位に選ばれたのは「電話口『③何様ですか？』と聞く新人」。電話で相手の名前を聞くとき、正しくは「どちら様ですか」と言いますが、まだ敬語をうまく使えない新入社員が、間違って言ってしまったのでしょう。第3位は「『辞めてやる！』会社にいいね！と返される」（仕事で腹の立つことがあり、「こんな会社、辞めてやる！」と④啖呵を切ったら、「（あなたが辞めたら）会社にとっていいね」と返答された。フェスブックの「⑤いいね！」をうまく使った句）が選ばれました。

上班族川柳　第一名「不管你怎麼活」

　　熱門活動「上班族川柳大賽」，今年的投票結果出爐了。

　　這次以4563票榮登第1名的是「昔日天成佳偶　如今不管你怎麼活」。意思是說新婚時是「恩愛夫妻」，但隨著時光流逝，如今彼此都「不管你怎麼活」，什麼都隨便他（她）去，或許得到很多中年夫妻的共鳴吧。第2高票是「對話筒問『您算哪位』的新進人員」。講電話時問對方姓名，應該說「どちら様ですか」〈請問哪裡找〉，可能是新進人員不太會用敬語，結果講錯話了。第3名是「說『我不幹了！』被反嗆『對公司可讚了！』」（工作上碰到生氣的事，嗆聲說「這種公司，我不幹了！」結果被回一句「（你辭職）對公司來說很讚」，巧妙地套用了臉書裡的「讚」。）

①川柳：依5、7、5順序組成的17音節詼諧短詩
②サラリーマン川柳コンクール：日本壽險公司「第一生命保險」每年都會在全國公開徵選川柳作品，並從投稿作品中自行選出100句佳作，然後在網路上以人氣票選決定排名。今年是第26屆
③何様：本來是指「什麼大人物」，通常用來諷刺，如「自分を何様だと思っているんだ！？」〈你以為自己是什麼大人物啊!?〉
④啖呵を切ったら：「啖呵を切る」指罵得痛快淋漓
⑤「いいね！」：在中文臉書是「讚」，英文版是「like」

富士山が世界文化遺産に

①ユネスコ（国連教育科学文化機関）の世界遺産委員会は、6月22日、富士山を世界文化遺産に登録することを正式決定しました。

世界遺産としての正式な名称は「富士山－信仰の対象と芸術の源泉」。山頂にある神社などの信仰遺跡群や、登山道、②富士五湖などが含まれます。日本には古くから、山を神聖なものとして信仰する風習がありましたが、中でも富士山は特別な存在として位置づけられてきました。また、文学や③浮世絵など多くの芸術作品の題材にもなってきました。

今後の課題とされるのは、環境と安全の確保です。現在、1年に約30万人もの人が富士山を④訪れていますが、世界遺産に登録されることで、その数がさらに増える可能性があります。そのため、富士山のある静岡県と山梨県は「入山料」を設定して、環境・安全対策に役立てることを計画しています。まずは試験的に、今年の7月下旬から8月上旬の間、登山者から1,000円を⑤任意で徴収するということです。

スポーツ・文化

富士山列入世界文化遺產

聯合國教科文組織的世界遺產委員會在6月22日正式決定將富士山列入世界文化遺產。

世界遺產中登錄的名稱是「富士山－信仰的對象與藝術的泉源」。範圍包括位在山頂的神社等信仰遺蹟、登山道、富士五湖等等。日本自古就有視高山為聖地的山岳信仰，而富士山的地位又特別不一樣。富士山也一向是文學、浮世繪等各種藝術創作的題材。

今後的課題是如何確保富士山的環境與安全。現在每年有約30萬人造訪富士山，列入世界遺產之後，人數可能還會再向上攀升。因此，富士山所在地的靜岡縣和山梨縣計劃徵收「入山費」，俾有助於環境及安全對策。先在今年7月下旬到8月上旬期間進行試辦，以宣導方式向登山客每人收取1000日圓。

①ユネスコ：UNESCO（United Nations Educational,Scientific and Cultural Organization的縮寫）聯合國教育、科學及文化組織，簡稱聯合國教科文組織
②富士五湖：指富士山麓位於山梨縣境內的五座湖泊：本栖湖、精進湖、西湖、河口湖、山中湖
③浮世繪：江戶時代以描繪世俗民情為主的一種畫風
④訪れています：「訪れる」指造訪、到來
⑤任意：依個人意願、非強制性

統一球団、鎌田元投手の引退式を開催

　去年1年間、台湾プロ野球の統一セブンイレブン・ライオンズで活躍した鎌田祐哉元投手の引退式が、7月14日台南野球場で開催されました。鎌田元投手は、日本のプロ野球に11年間在籍したあと、2012年、統一球団に入団しました。①前期リーグで開幕11連勝という好成績を上げ、7月の②オールスター戦では、日本人選手として初めてファン投票で選出されました。しかし、①後期リーグでは成績が③振るわず、今年は球団との契約を更新することができませんでした。

　野球の道を離れ、4月から日本の不動産会社で働いている鎌田元投手ですが、統一球団が昨年の功績を④たたえて、外国人選手としては例外的に、引退式を開催することを決定しました。⑤セレモニーでは鎌田選手の引退フィルムが放映され、Lamigoモンキーズの詹智堯選手との「最後の対決」も行われました。

　このニュースに対して、日本のネット上では、「暖かい話ですね」「台湾人は義理堅い」「台湾の人たちありがとう！」といった感想が多く寄せられました。

スポーツ・文化

統一隊爲前投手鎌田祐哉舉辦引退儀式

　　去年一年在台灣中華職棒統一獅隊表現傑出的投手鎌田祐哉，7月14日在台南棒球場參加了一場爲他舉辦的引退儀式。鎌田祐哉在日本打過11年職棒，2012年加入統一隊，打出上半季開季11連勝的佳績，還在7月的明星賽時，成爲第1個由球迷票選指定的日籍選手。可惜下半季成績不佳，今年未能與球團續約。

　　雖然鎌田祐哉已離開職棒，4月起在日本的房仲公司上班，不過統一球團爲了表彰他去年的卓越功績，決定破例爲身爲外籍選手的他舉辦一場引退儀式。典禮中除了播放鎌田祐哉的引退影片之外，還安排他和Lamigo桃猿隊的詹智堯來一場「最後的對決」。

　　看到這則新聞，很多日本網友都回應說：「很溫馨感人」、「台灣人眞是有情有義」、「謝謝台灣的朋友」。

①前期リーグ・後期リーグ：リーグ＝league。聯盟。這裡指中華職棒大聯盟的賽制，以六月底的休兵期爲區分的上半季和下半季
②オールスター戰：＝All-star Game。指職棒等職業賽事中，由球迷投票等方式決定出賽選手的明星賽
③振るわず：不振。「振るう」指氣勢旺盛
④たたえて：「たたえる」指讚美
⑤セレモニー：＝ceremony。典禮、儀式

和食がユネスコ・無形文化遺産に

MP3
076

　ユネスコ（国連教育科学文化機関）は12月4日、「和食
日本人の伝統的な食文化」を無形文化遺産に登録すること
を決定しました。

　無形文化遺産は民族の文化や伝統などの保護・継承を目
的とし、「世界遺産」「世界記憶遺産」と合わせて、ユネ
スコの「3大遺産事業」と言われています。日本からはこ
れまで、能楽や歌舞伎などが登録されていて、今回の「和
食」で22件目となります。

　登録①に向けて日本政府が作成した提案書では、和食の
特色として「新鮮で多様な食材とその持ち味の尊重」「栄
養②バランスに優れた健康的な食生活」などが挙げられて
います。欧米などでも「和食は③ヘルシー」というイメー
ジが持たれ、人気が高まっています。しかし一方で、日本
人の「和食④離れ」が進んでいるとも言われています。1人
当たりの米の消費量は1960年代は年に約120kgだったのに
対し、現在は半分の約60kgにまで減少。逆に脂肪の摂取量
は増加して生活習慣病になる人が増えています。

スポーツ・文化

日本「和食」入選非物質文化遺產

聯合國教科文組織（UNESCO）12月4日宣布把「和食—日本人傳統的飲食文化」列入非物質文化遺產。

非物質文化遺產的登錄是為了保護、傳承民族的文化與傳統，它和「世界遺產」「世界記憶遺產」合稱為聯合國教科文組織的「三大遺產事業」。日本的能樂和歌舞伎等都已登記在冊，這次的「和食」是第22個。

日本政府在申請登記的申請書中列舉和食的特色，包括「新鮮多樣化的食材、尊重食材的原味」「注重營養均衡的健康飲食生活」等等。歐美也很喜歡和食，他們覺得「和食＝健康」。但另一方面也有人指出，日本人正在漸漸「遠離和食」。每人平均米飯消費量在1960年代是1年120公斤，現在掉到一半，只有60公斤左右。反倒是脂肪攝取量年年上升，罹患生活習慣病的人越來越多。

①～に向けて：以～為目標，表示為了～而
②バランス：balance。平衡
③ヘルシー：healthy。健康的
④～離れ：～放名詞形成複合詞，指脫離～，或與～漸行漸遠

ソチ冬季五輪——日本は8個のメダルを獲得

MP3
077

　2月7日から23日までロシアの①ソチで開催された冬季オリンピックで、日本は金メダル1個、銀メダル4個、銅メダル3個を獲得し、1998年の長野オリンピックの10個（金5、銀1、銅4）に次ぐ記録となりました。

　注目は何といっても、19歳の羽生結弦が②フィギュアスケート男子シングルで金メダルを獲得したことです。これはフィギュアスケート日本人男子としては初の金メダルで、世界歴代のフィギュア男子シングルの金③メダリストの中では、史上2番目の若さ。さらに66年ぶり2人目の10代での金メダリストとなるなど、さまざまな記録を④塗り替えました。また、⑤スキージャンプ男子個人の葛西紀明（41）が銀メダルをとり、冬のオリンピックにおける日本人最年長メダリストの記録を作りました。

　一方で、日本が過去15個のメダルを獲得してきたスピードスケートで今回はメダルゼロだったことや、ベテラン、若手とは対照的に、中堅選手の層が薄かったなどの課題も残りました。

スポーツ・文化

索契冬季奧運－日本奪得8面獎牌

　　2月7日至23日在俄國索契舉辦的冬季奧運中，日本奪得1面金牌，4面銀牌，3面銅牌，是僅次於1998年長野冬奧10面獎牌（5金1銀4銅）的最佳紀錄。

　　其中最聚焦的就是19歲的羽生結弦，他在花式滑冰男子單人項目中拿下金牌，改寫多項紀錄：他是第一個拿到金牌的日本男子花式滑冰選手，也是全世界歷年來第二年輕的男子花式滑冰金牌，更是睽違66年才出現的第2位20歲以下的金牌選手。另外，在跳台滑雪男子個人項目中，葛西紀明（41歲）拿下銀牌，成為冬奧日本最年長的奪牌選手。

　　這次冬季奧運也留下一些待克服的課題：例如在日本累計拿過15面獎牌的競速滑冰項目中，這次意外掛零；與資深選手及年輕選手相比，中堅選手這個層面顯得格外薄弱。

①ソチ：索契。位於俄羅斯聯邦西南部，面臨黑海的知名渡假療養勝地
②フィギュアスケート：＝figure skate。花式滑冰。英語是figure skating
③メダリスト：＝medalist。獲得獎牌（メダル＝medal）的人
④塗り替えました：「塗り替える」本指重新粉刷，引申指刷新（紀錄等）
⑤スキージャンプ：＝ski jump。跳台滑雪

科　学

次世代エネルギー「燃える氷」
①メタン②ハイドレート、試掘開始

MP3
079

　新しいエネルギー資源として期待されている「メタンハイドレート」を海底から③採掘する試験が、2月15日、愛知県④沖で始まりました。

　メタンハイドレートは、メタンが水分と結び付き、氷のような状態で地中に存在する物質で、火を付けると結晶内のメタンが燃焼することから「燃える氷」とも呼ばれます。結晶からメタンガスを取り出して、都市ガスや火力発電用の燃料として使用することができます。世界各地の海底などに存在しますが、特に日本の近海に多く⑤埋蔵されていると見られています。今回試験を行う海底には、日本国内で使う天然ガスの約14年分に相当するメタンハイドレートが存在し、このほか北海道や新潟沖など、日本近海をすべて合わせた総埋蔵量は約100年分に上ると推定されています。エネルギー資源のほとんどを海外からの輸入に頼っている日本にとって、次世代エネルギーとして実用化できるかどうか、期待が高まっています。

科学

新世代能源「可燃冰」甲烷水合物　試行開採

　　2月15日，日本在愛知縣外海試驗性開採一種備受期待的海底新能源——「甲烷水合物」。

　　甲烷水合物是一種存在於土壤中的物質，它和水分子結合起來，形成像冰一樣的結晶體，引燃後，結晶中的甲烷會持續燃燒，所以又被稱為「可燃冰」。把結晶裡的甲烷氣分離出來，可作為民生用瓦斯或火力發電的燃料。世界各地的海底都有甲烷水合物，不過專家認為日本近海的蘊藏量尤其豐富。根據估算，這次進行實驗的海底所蘊藏的甲烷水合物，足以供應日本14年份的天然氣，如果把北海道和新潟外海等日本近海都算進來，總蘊藏量高達100年份。日本的能源幾乎全仰賴進口，大家都很期待，希望它能落實成為可用的新能源。

①メタン：methane。甲烷
②ハイドレート：hydrate。水和碳氫化合氣體結合而成的水合物
③採掘：開採、採掘（礦藏）
④沖：指遠離岸邊的湖水、海水
⑤埋蔵：這裡指（天然資源）蘊藏於地底

①ギャンブル②依存症、治せるかも？
——京大研究グループ

　賭け事に③のめり込みやすい人の脳の特性を、京都大学医学研究科の高橋英彦准教授らの研究グループが見つけました。人は不安や恐怖を感じると、脳内に「④ノルアドレナリン」という物質が放出されますが、このとき「⑤ノルアドレナリントランスポーター（NAT）」というタンパク質の一種も働いて、ノルアドレナリンの活性を抑え、高まりすぎた不安を抑制します。研究グループは19人の男性を対象に、コインを投げて表裏を当てる賭けを実施。「勝ったときに得られる金額が、負けたときに失う金額の何倍なら賭けに参加するか」を判断してもらい、被験者の脳内のNAT密度を調べました。その結果、NAT密度が低い人（＝ノルアドレナリンが働きやすい人）ほど、賭けへの参加に慎重で、逆にNAT密度が高い人ほど、リスクを顧みないで賭けに参加する傾向が強いことがわかりました。NATと賭け事への慎重さの関係がわかったことで、ギャンブル依存症治療の研究も進むことが期待されます。

科学

京大研究團隊：嗜賭成性或許有得治療？

　　京都大學醫學研究所高橋英彥副教授所率領的研究團隊，發現了沈迷賭博者的腦部特徵。當人類感到不安或恐懼時，腦內會釋放出一種叫作「去甲腎上腺素」的物質，同時另一種叫作「去甲腎上腺素轉運體（NAT）」的蛋白質也會開始活動，降低去甲腎上腺素的活性，抑制過度的不安情緒。研究團隊找來19名男性做實驗，讓他們丟硬幣賭正反面，並請他們判斷「當賭贏的錢是賭輸的錢的幾倍時，你才會下注」，同時測量他們腦內的NAT密度。結果發現，NAT密度低的人（＝去甲腎上腺素活動力強的人），下注時較審慎，而NAT密度越高的人，越容易不顧風險下注。瞭解到NAT與投注賭博的謹慎程度有關，治療賭博成癮症的研究也可望有所進展。

①ギャンブル：gamble。賭博
②依存症（いぞんしょう）：過度依賴，一旦中斷就會出現身心不適應的症狀。成癮症
③のめり込みやすい：「のめり込む」指深深陷入（無法自拔）
④ノルアドレナリン：noradrenaline。去甲腎上腺素、正腎腺上素。一種傳達緊張感的神經傳導物質
⑤ノルアドレナリントランスポーター（NAT）：NorAdrenaline Transporter。去甲腎上腺素轉運體，能把去甲腎上腺素轉入細胞內

原発と活断層、①連動の可能性
——福井県敦賀原発

MP3
081

福井県の日本原子力発電（日本原電）・敦賀発電所の地下にたくさんの亀裂があり、近くの活断層が地震で動いた場合、その影響を受けて亀裂も動く可能性があることを、原子力安全・保安院が調査の結果、明らかにしました。

1970年の運転開始当初、敦賀原発の②敷地内に活断層はないとされていましたが、その後専門家が調査した結果、敷地内に活断層があり、しかも原子炉の真下にも複数の亀裂があって、敷地内の活断層と連動して動く可能性があることがわかりました。が、これに対し日本原電は「安全性への影響はない」と主張していました。

しかし、去年3月の大震災③をきっかけに、全国8つの原発で、活断層に関する評価の④見直しが進められました。国の指針で、活断層の上に原子炉を建設することは認められていないため、敦賀原発は⑤廃炉になる可能性もあります。また、他の原発にも同様の問題が存在する可能性があると指摘する専門家も少なくありません。

科学

159

核電廠恐與活斷層產生連動──福井縣敦賀核電廠

　　原子能安全保安院調查發現：福井縣的日本核電公司敦賀發電廠下方地層有許多裂縫，如果附近的活斷層發生地震而錯動，這些裂縫也可能受影響出現錯動。

　　1970年敦賀核電廠啟用時，專家認為廠區內並沒有活斷層，但後來有專家調查發現：廠區下方不但有活斷層，而且核子反應爐正下方的地層就有多處龜裂，可能會隨廠區內活斷層錯動而出現連動效應。對於這種說法，日本核電公司當時主張「不影響核能安全」。

　　不過，在去年3月的大地震之後，專家們開始重新檢視全國8處核電廠在活斷層方面的評定結果。日本政府禁止將核子反應爐蓋在活斷層上，所以敦賀核電廠可能得關閉核子反應爐。此外，還有不少專家指出：其他核電廠可能也有相同的問題。

①連動（れんどう）：隨～發生變化、影響
②敷地（しきち）：建築物或設施用地
③～をきっかけに…：因為～而開始…。「きっかけ」指事物開始的機緣、原因
④見直し（みなおし）：重新審視、檢討。動詞是「見直す（みなおす）」
⑤廃炉（はいろ）：核子反應爐報廢

①放鳥②トキに初のひな──自然界で36年ぶり

新潟県の佐渡島で、③野生復帰を目指して放されたトキの④つがいから、初めて3羽のひなが生まれました。自然界でトキのひなが生まれたのは、36年ぶりのことです。

トキは日本の⑤特別天然記念物に指定されている鳥で、かつては日本各地のほか、朝鮮半島や台湾など、東アジアに広く生息していましたが、20世紀の初めごろには急速に数が減少。日本では、2003年に最後の1羽が死んだことで、国産種のトキが全滅しました。一方で、1999年に中国から贈られたトキによる人工繁殖は成功し、200羽以上に数を増やすことができました。08年から、野生復帰に向けた試みとして、計5回、78羽が放鳥されました。今回生まれたひなの親鳥は、去年放鳥された3歳のオスと2歳のメスのつがいです。

巣の周りにはカラスやテンなどの天敵も多く、まだまだ安心はできませんが、今のところ、親鳥たちはせっせと餌を運び、ひなは3羽とも順調に育っているということです。

科学

161

野放朱鷺第一批幼鳥──自然界36年首見

　　一對野放回歸自然的朱鷺，在新潟縣佐渡島首次成功孵育出3隻小朱鷺。36年來，第一次有朱鷺幼鳥在自然環境中誕生。

　　朱鷺是被指定為日本特別天然紀念物的鳥類，過去牠們除了日本各地之外，也在朝鮮半島及台灣等東亞各地棲息，但在20世紀初期數量銳減。日本在2003年最後一隻朱鷺死掉之後，國產朱鷺就此絕跡。另一方面，1999年中國送給日本的朱鷺成功地進行人工繁殖，數目增至200隻以上。2008年起開始試行野放，分5批總共野放了78隻朱鷺。這次新生幼鳥的父母，是去年野放的3歲公鳥和2歲母鳥。

　　鳥巢四周有許多朱鷺的天敵，像烏鴉和貂等動物，所以還不能掉以輕心，不過據說在父母辛勤餵食之下，3隻小朱鷺都順利地一天天長大。

①放鳥：野放鳥類

②トキ：朱鷺

③野生復帰：讓原本不在棲息地的生物回歸自然的棲息地生活

④つがい：（動物）雌雄一對

⑤特別天然記念物：日本「文化財保護法」規定的「天然記念物」中，須特別加以保護者，包括動植物及地形等自然現象

国内最大級の竜巻が発生

　5月6日、茨城県や栃木県で国内最大級の竜巻が発生し、1人が死亡、40人以上が重軽傷を負い、2,000棟以上の住宅が被害を受け、このうち少なくとも200棟以上が全壊しました。

　これを受けて気象庁は31日、有識者による検討会を開きました。茨城県のつくば市では、住宅がコンクリートの①基礎②ごと倒壊し、中にいた男子中学生が死亡しましたが、③突風災害が専門の東京工芸大学・田村幸雄教授は、このとき風速は毎秒100m以上、時速に換算すると400km前後に達していた可能性があると述べました。このように、④ひとたび発生すると、大きな被害をもたらす竜巻。しかし、去年全国で竜巻注意報は589回発表されたのに対し、実際に竜巻が起こったのは1％だけというように、現在の技術では竜巻の発生を正確に予測するのは非常に難しいという問題があります。検討会ではこのほか、アメリカでは竜巻で原発が緊急停止した例もあるため、この点の対策も必要だという意見も出ました。

科学

日本最強龍捲風來襲

　　5月6日，茨城縣和栃木縣遭遇日本最強的龍捲風，造成1人死亡，40人以上輕重傷，2千多棟房屋受損，其中至少有2百多棟全毀。

　　對此，氣象廳邀請專家學者於31日召開調查討論會。茨城縣筑波市有一棟民宅整棟連水泥地基一起被捲起，在屋內的國中男生不幸身亡，研究狂風災害的東京工藝大學田村幸雄教授表示，當時的風速可能每秒達100公尺以上，換算成時速大約400公里。龍捲風就像這樣，一旦發生就會釀成巨災，然而以現在的科技，還很難精準預測龍捲風的生成，像去年日本發布了589次龍捲風警報，真正出現龍捲風的只有百分之一。除此之外，調查討論會中也有意見指出，美國曾有龍捲風迫使核電廠緊急停機的先例，這部分也該有因應對策。

①基礎（きそ）：地基。指用來固定建築物的水泥底座
②～ごと：連同～整個
③突風（とっぷう）：瞬間陣風
④ひとたび：一旦、如果

小笠原・南鳥島沖に220年分の①レアアース

MP3 084

②ハイテク製品をつくるのに欠かせないレアアース（希土類）が、小笠原諸島・南鳥島周辺の海底に大量に存在することを、東京大学などの研究チームが発見しました。研究チームは、南鳥島周辺の深さ約5,600〜5,800mの海底から掘り出した泥を分析し、その結果、泥にレアアースが高濃度で含まれていることがわかりました。周辺のレアアース埋蔵量は約680万 t と推定され、日本のレアアース消費量の220年分以上に相当します。

現在、レアアース世界産出量の97％を中国が占めていますが、2010年には中国が突然、日本に対するレアアースの輸出を一時停止するといった事態も発生。供給源を中国だけに依存した状態から③抜け出すことが、日本をはじめ、各国にとって急務となっています。

今後の課題はどれだけ効率よく④採掘できるかで、この研究に参加してきた海洋開発会社は、海底の油田から原油を⑤引き上げる技術を応用し、深海の泥を採取する技術を開発する計画です。

科学

小笠原群島南鳥島外海稀土礦　可用220年

　　由東京大學教授等組成的研究團隊發現：在小笠原群島的南鳥島附近海底，有大量製造高科技產品時不可或缺的稀土。研究團隊從南鳥島附近5600～5800公尺深的海底，挖出海泥進行分析，發現泥中含有高濃度的稀土。推測附近稀土蘊藏量約有680萬噸，相當於日本220年份以上的稀土消費量。

　　目前全球的稀土產量中，中國就占了97%，但在2010年時，曾經發生過中國突然一度停止對日出口稀土的狀況。包括日本在內，世界各國都急著想掙脫束縛，不要再完全仰仗中國供給。

　　尚待解決的課題是：如何提高開採效益。參與這項研究的海洋開發公司計畫要運用從海底油田汲取原油的技術，研發出自深海採集海泥的技術。

①レアアース：＝rare earth。稀土。稀土類元素的總稱
②ハイテク：＝high-tech。高科技
③抜け出す：擺脫、逃脫
④採掘：開採（礦藏等）
⑤引き上げる：抽上來。這裡指汲取原油

「南海①トラフ巨大地震」被害②想定
——最大32万人が犠牲に

政府は8月29日、静岡県から九州沖の海底を震源とする「南海トラフ巨大地震」が発生した場合、最大32万人を超す死者が出るという被害想定を公表しました。想定によると、死者の数が最悪となるのは、強風の冬の深夜に、③駿河湾から④紀伊半島にかけて、⑤マグニチュード9.1の地震が発生した場合で、津波で23万人、建物の倒壊と火災で9万3000人が死亡するといいます。

実際にこれほどの巨大地震が発生する確率は低いものの、政府は東日本大震災の教訓から、考えられる最大の地震を想定。「防災対策の必要性の周知が公表の主目的」ということで、被害想定と同時に、防災対策でどれだけ被害を減らせるかも示しています。例えば、地震発生後10分以内に避難すれば、津波の犠牲者は80%少なくなります。このほか、耐震設計の建物の割合を現在の79%から100%に引き上げ、家具の転倒防止を徹底することなどで、全体の死者数を32万から6万人にまで減らすことが可能ということです。

科
学

一旦發生「南海海槽大地震」最糟恐32萬人犧牲

　　政府8月29日公布預測：如果發生震源在靜岡縣至九州外海海底的「南海海槽大地震」，最糟可能造成超過32萬人死亡的災害。根據推估，死亡人數最糟的情況，是假設在強風的冬天深夜，駿河灣至紀伊半島一帶發生規模9.1的地震，這時會有23萬人死於海嘯，9萬3千人死於建築物倒塌及火災。

　　雖然真正發生這麼大的地震機率很低，不過政府記取東日本大地震的教訓，盡可能假設最大規模的地震。由於「公布主要是為了讓大家知道防災對策的必要性」，所以在假設災害規模的同時，也說明防災對策可以降低多少災害損失。例如如果能在地震發生後10分鐘內避難，海嘯的罹難者會減少80%。此外，若能把耐震設計的建築物比率，從現在的79%提升至100%，並能完全防止家具傾倒等等，整體死亡人數就可能由32萬人降為6萬人。

①トラフ：＝trough。比海溝寬淺，剖面呈U字形的深海凹地。海槽
②想定：依據條件、情況進行假設
③駿河湾：位於靜岡縣中部的海灣
④紀伊半島：從近畿地方南部突出至太平洋的日本最大半島
⑤マグニチュード：magnitude。標示地震規模的單位

8種類の野生生物が「絶滅種」に

MP3
086

　環境省は8月28日、「①レッドリスト」の新版を発表しました。レッドリストは、環境省が、絶滅の恐れがある野生生物を約5年おきにまとめているもので、日本国内ですでに絶滅したと考えられる「絶滅種」、絶滅の恐れが高い「絶滅②危惧種」などの分類があります。今回、哺乳類のニホンカワウソや、猛禽類のダイトウノスリのほか、昆虫や植物など、合わせて8種類の野生生物が新たに絶滅種に指定されました。

　ニホンカワウソは、川や海辺に棲むイタチ科の動物で、河童のモデルになったとも言われています。かつては北海道から九州まで広い範囲に③生息していましたが、毛皮を④目当てにした⑤乱獲や、開発による生活環境の悪化で数が激減。1979年に高知県で目撃されて以降、30年以上生息が確認されていないことから、絶滅したと判断されました。これで絶滅種に指定された生物は、計110種になりました。

　絶滅危惧種には今回419種が指定され、計3,430種になりました。

科学

8種野生生物列「滅絕物種」

環境省8月28日公布新版「紅名單」。紅名單是環境省約每5年彙整一次的瀕臨絕種野生生物名單，其中又分為被認定在日本國內已絕跡的「滅絕物種」、高度瀕臨絕種危險的「瀕臨滅絕物種」等。這次新增的滅絕物種有8種野生生物，包括哺乳類的日本水獺、猛禽類的大東鷲以及其他昆蟲、植物。

日本水獺是住在河川及海邊的鼬科動物，相傳是河童傳說的原型。以前從北海道到九州各地都有牠們的蹤跡，後來因毛皮遭覬覦被濫捕，再加上土地開發導致生存環境惡化，數量銳減。1979年在高知縣還有人目擊，之後超過30年都杳無蹤跡，因此被認定已絕種。加上這些，現在列入絕種的生物已有110種。

瀕臨滅絕種在這次增列了419種，總計達3430種。

①レッドリスト：＝Red List。瀕絕生物紅名單。這裡指日本環境省的版本，另有世界保育聯盟（IUCN）版本
②危惧：擔憂、憂慮
③生息：（動物）棲息、生活
④目当て：目的
⑤乱獲：過度或不當獵捕動物

①寝る子は脳もよく育つ？睡眠時間で「②海馬」に差

MP3
087

　よく寝る子どもは、脳の記憶などに関係する「海馬」という部分が大きいという研究結果を、東北大学の滝靖之教授らの研究チームが発表しました。

　研究チームは、5〜18歳の290人の平日の睡眠時間と、それぞれの海馬の体積を調べました。その結果、睡眠時間が10時間の子どもは、6時間の子どもと比べて、海馬の体積が1割ほど大きいことがわかりました。海馬は、脳の中で記憶などに関わる器官で、形がタツノオトシゴ（＝海馬）に似ていることから、この名前がついています。③アルツハイマーや④鬱病になると、この海馬が小さくなることが知られていて、滝教授は「子どものころ十分な睡眠をとることで、健康な脳を⑤築ける可能性がある」としています。

　滝教授は東日本大震災の後、宮城県内の被災者の健康状況も調査していて、「十分な睡眠を取れなかったり、⑥ストレスを感じたことが、子どもの脳にどう影響を与えるのか、見ていく必要がある」と話しています。

科学

小朋友睡覺促進大腦發育？　睡眠時間影響「海馬迴」體積

　　東北大學瀧靖之教授的研究團隊發表研究結果：小朋友睡得好，腦中與記憶等有關的「海馬迴」會比較大。

　　研究團隊以290名5～18歲的人爲對象，調查他們平日的睡眠時間和海馬迴的體積。結果發現：睡10小時的小朋友和睡6小時的比起來，海馬迴的體積大了約一成。海馬迴是腦內與記憶等功能相關的器官，因形狀像海馬而得名。我們知道罹患阿茲海默症和憂鬱症時，海馬迴會變小，瀧教授則是指出：「孩童時期睡眠充足，可能有助於培育健康的腦」。

　　瀧教授也在東日本大地震後，持續調查宮城縣災民的健康狀況，他指出「我們應該要繼續觀察，看看睡眠不足及壓力會如何影響小朋友的腦部」。

①寝る子：「寝る子は育つ」爲日文諺語，意即能睡的孩子長得健康
②海馬：這裡指大腦中海馬體，又稱海馬迴或海馬區
③アルツハイマー：阿茲海默症
④鬱病：憂鬱症
⑤築ける：「築く」的可能形，這裡指打造出、建立起
⑥ストレス：stress，壓力

ノーベル医学生理学賞に
①iPS細胞作製の京大・山中氏

MP3
088

10月8日、京都大学の山中伸弥教授（50）がノーベル医学生理学賞を受賞することが決まりました。山中教授は2006年、皮膚や心臓など、あらゆる組織に変化することができる「iPS細胞 （人工多能性幹細胞）」を作り出すことに成功しました。

1個の細胞である受精卵は、分裂を繰り返して、内臓や筋肉、皮膚や神経など、さまざまな細胞に変化（分化）しますが、一度分化した細胞は、分化前の状態に②逆戻りすることはできないと考えられていました。しかし山中教授は、マウスから取り出した皮膚細胞に4種類の遺伝子を入れると、受精卵のようにあらゆる組織に分化できる細胞（＝iPS細胞）になることを発見しました。この技術を使って自分の③体細胞から臓器などを作れば、④拒絶反応などの心配がないため、今後⑤再生医療に活用されることが期待されています。このほか、さまざまな病気の解明や治療薬の開発など、iPS細胞を使った研究は、現在世界中で行われています。

科学

iPS細胞發明人京都大學山中教授獲諾貝爾醫學生理學獎

　　諾貝爾醫學生理學獎10月8日揭曉，京都大學山中伸彌教授（50歲）獲獎。山中教授於2006年成功開發出「iPS細胞（誘導性多功能幹細胞）」，這種細胞可以轉化成皮膚或心臟等各種組織。

　　受精卵這個單細胞經過一再的分裂，會轉化（分化）爲形成內臟及肌肉、皮膚、神經等各式各樣的細胞。過去人們認爲：細胞一旦經過分化，就無法還原成未分化前的狀態。但山中教授發現：從老鼠身上取出皮膚細胞，加入4種基因後，這個細胞會變成像受精卵一樣可轉化爲各種組織的細胞（＝iPS細胞）。用這種技術，拿自己的體細胞培育出內臟，就不必擔心產生排斥作用，未來應可廣泛運用於再生醫療方面。現在全世界都在做iPS細胞的相關研究，包括研究各種疾病的成因、開發治療藥物等等。

①iPS細胞：人工誘導性多功能幹細胞（Induced pluripotent stem cells, iPS cell）
②逆戻り：回到原本的地點或狀態
③体細胞：泛指生物體中所有的非生殖細胞
④拒絶反応：（生物體對於外來物質所產生的）排斥作用
⑤再生医療：重建因受傷生病而受損的內臟或組織的醫療方式

もう運転免許は要らない！？
トヨタ「自動①走行車」発表

　人が車を運転しなくてもいい時代が、もうすぐ来るのでしょうか？　トヨタ自動車は、1月8日からアメリカ・ラスベガスで開催された②国際家電見本市「CES」で、全自動運転ができる車の実験車両を発表しました。実験車両は、高級車レクサスに、カメラや③センサー、④GPSを⑤装着したもので、他の車や歩行者を感知し、信号も認識するため、運転手がいなくても道路を走行することができます。

　自動運転技術は、現在各国のメーカーが開発を進めています。アメリカのグーグルは去年8月、自動走行車「グーグルカー」を、48万km無事故で走らせる実験に成功しました。またドイツのアウディも、今回のCESで自動運転で車を停めてくれる駐車システムを発表しました。

　アメリカ・ネバダ州では去年、自動走行車で公道を走ることを許可する法律が、全米で初めて施行されました。日本の国土交通省も、2020年代初頭に自動走行車の実用化を目指すという報告書を発表しています。

科学

不用駕照了！？豐田「自動駕駛車」亮相

　　或許我們即將進入不需要人來開車的時代了。豐田汽車在美國拉斯維加斯1月8日開幕的國際消費電子展（CES）上，展示一輛可以全自動駕駛的實驗車。這輛實驗車使用高檔的凌志汽車（Lexus），上面加裝攝影機和感應器、GPS，能偵測到其他車輛和路人，也能辨識交通號誌，所以沒人開也可以在道路上行駛。

　　現在各國車廠都在研發自動駕駛技術。美國谷歌（Google）在去年8月完成了自動駕駛車Google Car的48萬公里無事故行駛實驗。德國的奧迪（Audi）也在這次的CES發表一種能讓車子自動停車的系統。

　　美國內華達州首開美國先例，去年已立法通過，開始准許自動駕駛車在公路上行駛。日本國土交通省公布的報告書也提到：預期在2020年代初期，自動駕駛車就能量產上路。

①走行：行駛

②国際家電見本市「CES」：國際消費電子展（International Consumer Electronics Show）

③センサー：＝sensor。感應器

④GPS：＝Global Positioning System。全球定位系統

⑤装着：配上裝備

「寝るときにマスク」で、子どもの①喘息が半減

MP3 090

　日本で喘息②に苦しむ子どもは年間約100万人いて、増加傾向にあるといわれていますが、寝るときにマスクを着けると、喘息症状が出る回数を半分に減らせることが、ユニ・チャーム株式会社と小児科の③アレルギー専門医の共同研究でわかりました。

　調査は、6〜15歳の男女31人を対象に、春（4〜7月）と秋（9〜12月）の計8ヵ月行われました。夜や朝に咳などの喘息症状があったり、④発作治療薬を使ったりした日（＝喘息がコントロールされなかった日）がどれくらいあったかを調べたところ、マスクをしないで寝た場合、喘息がコントロールされなかった日が18.0％あったのに対し、マスク装着をして就寝した場合は8.9％で、約5割低減されるという結果が出ました。マスクを装着すると（1）⑤アレルゲンを吸い込むのを防ぐ（2）吸い込む空気の温度と湿度を上げる、などの効果があるためと考えられます。マスクは、密着性のある、子どもに合ったサイズを使うのがポイントだそうです。

科学

「戴口罩睡覺」兒童氣喘減半

據說日本一年有上百萬兒童為氣喘所苦，還有日漸增加的傾向。而Unicharm（尤妮佳）公司和小兒科過敏專科醫師的共同研究發現：戴口罩睡覺，能讓氣喘發作的次數減半。

這項調查是以31名6至15歲的男女生為對象，調查時間為春季（4～7月）和秋季（9～12月）共8個月。主要是調查早晚出現咳嗽之類的氣喘症狀以及使用緩解型藥物（＝氣喘發作）的天數，結果發現：沒有戴口罩睡覺的人，氣喘發作的天數佔18.0%，但戴著口罩睡覺的人，氣喘發作的天數只佔8.9%，差不多少了五成。專家認為，原因在於戴口罩可以（1）避免吸入過敏原（2）提高吸入空氣的溫度與溼度。而選用的口罩，須注意密合度要夠高，尺寸要適合孩子配戴。

①喘息〔ぜんそく〕：氣喘
②～に苦しむ〔くる〕：為～而感到痛苦
③アレルギー：＝（德語）Allergie。過敏
④発作治療薬〔ほっさ ちりょうやく〕：用來迅速緩解症狀的藥物。急性緩解藥
⑤アレルゲン：＝（德語）Allergen。過敏原

魚から基準値5000倍超の放射性①セシウム
——福島第一原発

　東京電力・福島第一原子力発電所の港湾内でとった魚から、今までで最大の1kg当たり51万②ベクレルの放射性セシウムが検出されました。

　福島第一原発内の港で捕獲された魚から、非常に高い濃度の放射性物質が検出される例が相次いだため、東京電力は2月8日、魚が港の外に出るのを防ぐ網を設置しました。17日に網を引き上げて、③かかった魚を調べたところ、1匹から、過去最大の1kg当たり51万ベクレルの放射性セシウムが検出されました。これは国が定める食品基準値の5100倍に相当する量です。それまでの最大値は去年12月に同じ港内でとれた魚の25万4,000ベクレルでした。

　東京電力は、港の入り口（水深約10m）の海底に、高さ2mの網を設置していますが、「網をこれ以上高くすると船が通れなくなる」ため、「魚の駆除作業を引き続き進めていきたい」としています。福島県沖では原発事故以来、④試験操業を除いて漁を⑤自粛しています。

科学

福島第一核電廠　魚隻放射性物質「銫」超標5千多倍

東京電力福島第一核電廠港灣內所捕到的魚，驗出放射性物質「銫」含量創新高：1公斤51萬貝克。

由於福島第一核電廠港灣內捕撈的魚，一再被發現驗出高濃度放射性物質，因此東京電力公司於2月8日架設漁網阻止魚隻游出港外。17日撈起漁網檢測捕到的魚隻，結果從一隻魚身上驗出史上含量最高的放射性物質「銫」，每公斤51萬貝克，相當於日本法定食品基準值的5100倍。過去的最高紀錄來自去年12月在同一個港灣內捕獲的魚隻，含量為每公斤25萬4千貝克。

東京電力公司已在港灣入口（水深約10公尺）的海底架設2公尺高的漁網。由於「漁網再加高，船隻將無法通行」，因此打算「持續進行魚隻驅除作業」。自核災後，除了試行捕撈之外，福島縣外海漁民已停止一切捕魚作業。

①セシウム：cesium，一種放射性物質，化學符號Cs
②ベクレル：becquerel，貝克（Bq）。計算放射性活度的單位。活度大表示放射性物質多
③かかった：「かかる」，這裡指落入陷阱內
④試験操業：試行開工。這裡指限定魚種的小規模試行捕撈作業
⑤自粛：自我約束、自我克制（不做～）

ダニ媒介の感染症、国内で死亡例5人に

①マダニが媒介する感染症が、今年1月、日本国内で初めて確認され、2月末までに5人がこの感染症で亡くなっていることがわかりました。この感染症は「重症熱性血小板減少症候群」といって、マダニが媒介する②SFTSという③ウイルスに感染することで発病します。去年初めて、中国で明らかになった感染症で、発熱や嘔吐、出血などの症状が出ます。感染して亡くなる人は10％前後だと推定されています。

ただ、日本で確認されたウイルスは、遺伝子の型が中国のものとは違い、死亡した5人に、感染した可能性のある期間の④渡航歴もないことから、昔から日本にあったものだと考えられています。この1カ月ほどの間に死亡例が次々と発表されているのは、感染が拡大しているわけではなく、過去に原因不明で亡くなった人の血液を調べた結果です。厚生労働省は、過度に恐れる必要はなく、山などを歩くときはマダニにかまれないよう注意することが大切だと呼びかけています。

科学

遭蝨子叮咬染病　日本5人死亡

今年1月，日本首度出現一種以壁蝨爲媒介的傳染病，至2月底已有5人染病喪命。這種傳染病叫作「發熱伴血小板減少症候群」，受到一種以壁蝨爲媒介的SFTS病毒感染而發病。這種傳染病去年在中國首次得到證實，發病時有發燒、嘔吐、出血等症狀。推估感染後死亡的人在10%上下。

然而在日本所確認的病毒，基因類型和中國的都不相同，而且死亡的5人在可能遭感染的期間都未曾出國，研判這可能是日本原有的病毒。這一個月來陸續公布死亡個案，並不是因爲疫情擴大，而是把過去死因不明者的血液拿來分析的結果。厚生勞動省呼籲大家不要過度恐懼，重要的是，在山上等野外走路時，要小心避免壁蝨叮咬。

①マダニ：硬蜱，眞蜱目硬蜱科蜱蟲的總稱。俗稱壁蝨

②SFTS：Severe Fever with Thrombocytopenia Syndrome（發熱伴血小板減少症候群）的縮寫

③ウイルス：virus。病毒

④渡航歴：出國紀錄

カブトムシも生態系壊す外来種
――北海道が独自①規制

MP3
093

科学

　カブトムシは、日本の子どもたちに人気の「昆虫の王様」ですが、北海道では、もともと生息していなかった外来種です。北海道議会は、このような外来種がこれ以上増えるのを防ぐための条例を施行することにしました。この条例によって、北海道の生態系に悪影響を及ぼす恐れのある外来種を②持ち込んだり、自然界に③放したりすることが禁止されます。

　どの動植物が規制の対象になるかは、北海道が独自に作成している外来種リスト（860種）から、今年の夏以降に決定されます。外来種リストには、アライグマなど外国から持ち込まれた動物のほか、カブトムシやコイ、トノサマガエル、ゲンジボタル、ニホンイタチといった本州ではおなじみの動物も含まれています。これらの外来種は、人が飼っていたものを捨てたり、逃げられたりした結果、野生化したものと考えられ、農作物を④食い荒らしたり、北海道にもともといる動物と餌を奪い合ったりなど、さまざまな影響が出ています。

北海道獨自管制　獨角仙也列入破壞生態系外來種

　　獨角仙是日本小朋友很喜歡的「昆蟲之王」，但其實它是原本不存在於北海道的外來種。北海道議會決定實施防止條例，禁止這類外來種繼續增加。根據這個條例，可能對北海道生態系帶來不良影響的外來種，都禁止攜入、放生。

　　列入管制的動植物種類，會在今年夏天由北海道自行編列的外來種名單（860種）中選出。外來種名單中，除了浣熊等來自外國的動物，還包括獨角仙和鯉魚、黑斑蛙、源氏螢、日本鼬等本州常見的動物。這些外來生物，可能是人們棄養或逃跑的，後來野生化之後啃食農作物，或和北海道原生的動物爭食，造成許多方面的影響。

①規制：依規定加以限制
②持ち込んだり：「持ち込む」指攜入、帶進去
③放したり：「放す」指放掉、釋放
④食い荒らしたり：「食い荒らす」指昆蟲或動物吃掉農作物，造成損害

桜に雪！──長野、福島で最も遅い積雪を記録

4月21日、長野市と福島市で、統計を取り始めてから最も遅い積雪を観測しました。

この日は、日本列島の上空に冷たい空気が流れ込んだために、全国で気温が大きく下がり、①関東甲信越地方の②山沿いや東北地方では③季節外れの雪が降りました。長野市で4cm、福島市では3cmの雪が積もり、統計を取り始めて以来最も遅い積雪を記録。仙台市でも、4月下旬としては66年ぶりの積雪を観測しました。東北地方はちょうど桜が満開の時期で、桜の花に雪が積もるという珍しい光景が見られました。

今年は、3月初めに暖かい日が続いたことから、東京と、九州の福岡や鹿児島などの地域では、桜が平年より10日ほど早く咲き始め、過去最も早い開花記録となりました。ところが4月の下旬になって、今度は最も遅い積雪記録が④打ち立てられることになりました。

科学

櫻花飄雪──長野、福島創最晚積雪紀錄

　　4月21日，長野市與福島市觀測到自有統計以來最晚一次的積雪。

　　當天由於冷空氣流入日本列島上空，全國氣溫大幅下滑，關東甲信越地方沿山地區以及東北地方，都罕見地出現降雪。長野市積雪4公分，福島市也有3公分，創下有統計以來最遲一次的積雪紀錄。仙台市也觀測到66年來第一次4月下旬的積雪。這時東北地方正是櫻花盛開的時期，讓大家見識到櫻花上蓋著雪花的奇景。

　　今年3月初連續多日氣溫回暖，所以東京和九州的福岡、鹿兒島等地，櫻花都比往年提早約10天開花，創下歷來最早的開花紀錄。然而到了4月下旬，這回卻又出現了歷來最晚的積雪紀錄。

①関東甲信越地方：指關東地方（1都6縣）加上山梨、長野、新潟3縣。「甲信越」分別是舊地名「甲斐」「信濃」「越後」的簡稱
②山沿い：靠近山區的地方
③季節外れ：指通常不會在這季節出現的
④打ち立てられる：「打ち立てる」指建立、確立

赤ちゃんを抱っこして歩くと、①泣きやむのはなぜ？

MP3
095

　泣いている赤ちゃんをお母さんが抱っこして歩くと、普通、赤ちゃんはすぐに泣きやみますが、理研脳科学総合研究センターなどの研究員のチームが、その②メカニズムを科学的に分析しました。

　研究チームは、生後6ヵ月の赤ちゃんを抱いた母親12人に、「座る」「立ち上がって歩く」という動作を30秒ごとに繰り返してもらいました。その結果、母親が歩き始めて3秒くらいで赤ちゃんの心拍数は急激に下がり、足を③ばたつかせるなどの動きも5分の1に減って、リラックスした状態になることがわかりました。チームはマウスを使った実験も行いました。母親が運ぶときと同じように、赤ちゃんマウスの首の後ろを④つまんで持ち上げると、やはり心拍数が低下しておとなしくなりました。

　実験は、親が子どもを運ぶときに、子どもの側も本能的に運ばれやすい態勢をとることで、敵に見つかるのを防いでいて、親子の関係がお互いの協力で⑤成り立っていることを示しているということです。

科学

為什麼小寶寶被抱著走就不哭？

　　小寶寶哭的時候，被媽媽抱起來走，大部分的寶寶都會很快就不哭了。理研腦科學綜合研究中心的研究團隊針對這現象的成因，進行了科學分析。

　　研究團隊找來12位母親，請她們抱著6個月大的寶寶，每30秒重覆「坐下」「站起來走路」的動作。結果發現：當母親開始走路，大約3秒鐘後，寶寶的心跳速度就會迅速下降，蹬腳之類的動作也減至5分之1，進入放鬆的狀態。研究團隊也用老鼠做過實驗。他們模仿鼠媽媽叼運的動作，從頸後捏起幼鼠，這時幼鼠的心跳速度也同樣變慢，不再掙扎亂動。

　　實驗結果顯示：父母移動孩子時，孩子會本能地採取方便父母運送的姿態，以免被敵人發現，並透過彼此的合作，奠定親子關係。

①泣きやむ：停止哭泣

②メカニズム：mechanism。機制、結構

③ばたつかせる：「ばたつく」指靜不下來，叭嗒叭嗒動來動去

④つまんで：「つまむ」指用手指或棒子的前端捏起

⑤成り立っている：「成り立つ」指（符合必要條件而）成立

日本でも広がる？ 乳がん予防切除

　アメリカの女優アンジェリーナ・ジョリーさんが、乳がんを予防するために乳房の切除手術を受けたニュースは、世界中の関心を集めましたが、日本でも3つの病院で、同様の手術を実施・計画していることがわかりました。

　東京の聖路加国際病院では、片方の乳房にがんを発症した患者に対して、もう片方の乳房を予防的に切除する手術を、2011年に実施しています。このほか、東京のがん研究会有明病院と鹿児島市の相良病院も、予防的切除手術の実施を検討していると発表しました。

　ただ、このような手術が、今後日本でどのくらい広がるかはまだわかりません。予防のため健康な体に①メスを入れる手術に、抵抗を感じる人は多いと考えられます。また金銭的な問題もあります。検査費と乳房の切除・再建手術を合わせると、費用は200万円前後に上り、保険は適用されません。このほか、日本では②そもそも、乳がんの検査自体を受ける女性が20数％と、欧米に比べてかなり少ないという問題もあります。

科学

乳癌預防性切除　日本是否會掀起跟風？

　　美國女星安潔莉娜裘莉（Angelina Jolie）為了預防乳癌而接受乳房切除手術。這個新聞引發全世界的關注，日本現在也有3家醫院已施行或準備施行這種手術。

　　東京的聖路加國際醫院曾在2011年，對一位單側乳房罹癌患者施行預防性切除手術，切除另一側的乳房。東京癌研究會有明醫院，以及鹿兒島市的相良醫院也宣布正在研擬施行預防性切除手術。

　　不過，這種手術未來在日本會有多少人跟進，目前仍是未知數。大多數的人應該都不太能接受為了預防疾病，而在健康的身體上動刀。金錢方面也是一個問題。檢查費和乳房切除及重建手術加起來，費用高達200萬日圓左右，而且不在保險給付項目內。還有一個問題：日本乳癌檢查率原本就偏低，女性只有二十幾個百分點，比歐美國家低很多。

①メスを入れる：動刀切除患部。「メス」（荷蘭語mes）是手術刀
②そもそも：首先、說起來原本～

住宅地で石油が噴出——新潟県

　もし自分の家の庭から突然石油が湧き出したら、「大富豪になれる!?」と喜んでしまいそうですが、現実はそう①甘くはないようです。

　新潟県新潟市の住宅地で、今年4月から石油を含む泥水が湧き出し続けて、住民を悩ませています。ここに住む60代の男性は、近所の人たちとともに、地面に掘った穴にこの泥水をため、表面の石油をすくって②ポリタンクに入れる、という作業を人力で繰り返しています。多いときは15～20時間おきに300リットルほど一度に噴き出すこともありますが、不純物が多く、資源として利用するのは難しいといいます。

　新潟市は、初めは「私有地である」という理由から、処理を男性に任せていましたが、8月からやっと本格的な支援を開始。③バキューム車を使い泥水を回収するとともに、石油会社のアドバイスを受けながら、さらに④対策を講じるということです。新潟県は日本で数少ない石油と天然ガスの産地で、この一帯でも1996年ごろまで石油の採掘が行われていました。

科学

新潟縣住宅區噴出石油

如果家裡的院子突然冒出石油，你以為人家會很開心想「我發財了」嗎？現實世界並沒有這麼簡單。

新潟縣新潟市的住宅區，從今年4月起持續湧出含有石油的泥水，讓居民困擾不已。一名住在當地的六十幾歲男子和鄰居合作，在地上挖一個洞，以人力的方式反覆把這些泥水倒入洞內，再汲取表面的石油，裝到塑膠油桶裡。泥水量多的時候，大約間隔15～20小時會一次噴出300公升，但雜質太多，很難當作資源來使用。

新潟市最初以「這是私人土地」為由，任男子自行處理，直到8月才開始正式提供協助。市政府派抽油車抽出泥水，並諮詢石油公司，研擬進一步的對策。新潟縣是日本少數的石油及天然氣產地，這一帶在1996年以前也曾開採過石油。

①甘くはない：（事情）沒那麼簡單。「甘い」在這裡指想法不夠周延
②ポリタンク：塑膠桶。「ポリエチレン」〈polyethylene。聚乙稀〉製「タンク」〈tank。貯存液體的桶、罐、槽〉的縮寫。日製英語
③バキューム車：真空汲取車。「バキューム」＝vacuum（真空）
④対策を講じる：研擬對策。「講じる」指研究、實施（解決問題的方法）

台風26号　①伊豆大島で死者・不明者41人

10年に1度といわれる大型で強い台風26号が東京都の伊豆大島を直撃し、死者34名、行方不明者7名（10月31日現在）という大きな被害をもたらしました。

10月15日から16日にかけて、伊豆大島では②平年の10月1ヵ月分の2倍余りの雨が降り、大規模な③土砂崩れが発生。住宅30棟が全壊したほか、全部で300棟以上の建物が被害を受けました。台風が接近しつつあった15日夕方、気象庁は伊豆大島の大島町に大雨警報と土砂災害警戒情報を出しましたが、大島町は住民に対して避難勧告や④避難指示を発令しませんでした。もし早いうちに体育館など安全な建物への避難を促していれば、これほど多くの犠牲者が出なかったのではないかという⑤声も上がっています。

さらに、10日後の26日、再び伊豆大島に台風27号が接近しましたが、心配されていた二次災害はありませんでした。

台風26号では、伊豆大島以外でも、千葉県と東京都で土砂崩れや川に流されるなどして、2名の死者が出ました。

科学

第26號颱風韋帕襲日　伊豆大島41人死亡、失蹤

　　被稱爲10年僅見的大型強颱第26號颱風韋帕侵襲東京都的伊豆大島，造成34人死亡，7人失蹤（10月31日資料）的重大災害。

　　10月15日至16日，伊豆大島的降雨量達例年10月一整個月份的兩倍多，引發大規模的土石滑落，造成30棟房屋全毀，總計受損的建築物超過300棟。15日傍晚，颱風朝伊豆大島逼進時，氣象廳對伊豆大島的大島町發出了大雨警報和土石災害警戒資訊，但大島町並未對居民下達避難勸告和避難指示。不少人認爲：如果能及早請居民到體育館等安全的地方避難，可能就不會有這麼多人犧牲了。

　　10天後的26日，又有第27號颱風范斯高逼近伊豆大島，幸好沒發生大家擔心的二次災害。

　　第26號颱風韋帕帶來的災情不只在伊豆大島，千葉縣和東京也有2人因土石滑落和被沖入河中而死亡。

①伊豆大島：位於東京南方約120公里的火山島，行政區域爲東京都大島町
②平年：（沒有異常氣象的）平常年度
③土砂崩れ：坍方、土石崩塌
④避難指示：於危急程度比「避難勸告」高時發布，不服從者有罰則。「避難勸告」與「避難指示」均由市町村長發布
⑤声も上がっています：「声が上がる」指群眾中有人發出感嘆或憤怒之鳴

うどんで発電！
香川県「うどんまるごと循環プロジェクト」

　讃岐うどんの①本場・香川県で、廃棄うどんを使った発電装置の運転が始まりました。

　香川県内には約800のうどん店があり、麺を作ったときに出る切れ端や、ゆでてから時間が経ちすぎて捨てられる廃棄うどんの量は、年間1,000トンに上ります。高松市の産業機械メーカー「ちよだ製作所」は2009年から、廃棄うどんを酵母で発酵させて②バイオエタノールを作る事業に取り組んでいますが、今回、その残りかすを③メタン菌で発酵させて④メタンガスを作り出し、そのガスを燃料にして発電する装置を開発しました。この装置で1年間に、一般家庭40〜50世帯分に相当する18万⑤キロワット時を発電することができます。メタンガスを作った後のかすは、農業用の肥料にして小麦や野菜などの栽培に生かします。この取り組みは「うどんまるごと循環プロジェクト」と名づけられています。スローガンは「うどんからうどんを作る」「うどんでうどんを茹でる」だということです。

科学

195

烏龍麵發電！香川縣「烏龍麵完整循環計劃」

　　香川縣不但是正宗讚岐烏龍麵的故鄉，現在還開始用廢棄烏龍麵來發電。

　　香川縣內約有800家烏龍麵店，製作麵條時切剩的碎麵皮，以及煮起來放太久而被丟掉的廢棄烏龍麵，1年就高達1千噸。高松市有一家叫作「千代田製作所」的公司，專門製造產業用的機器，他們從2009年開始用酵母讓廢棄烏龍麵發酵，提煉生質酒精。現在又研發出一種設備，利用提煉生質酒精剩下的渣滓，以甲烷古菌使其發酵產生甲烷，再以甲烷氣爲燃料進行發電。這個設備1年可以生產18萬度的電，相當40～50戶人家的用電量。生產甲烷剩下的殘渣還可以拿來當農業用的肥料，種植小麥、蔬菜。這種做法被命名爲「烏龍麵完整循環計劃」，打出的口號是「用烏龍麵做烏龍麵」「用烏龍麵煮烏龍麵」。

①本場：指產品最主要的產地，或是事物最正統、最盛行的地方

②バイオエタノール：biomass ethanol或bioethanol。指由生物資源（biomass）中取得的乙醇（ethanol）燃料。又稱生物質乙醇、生質乙醇、生質酒精

③メタン菌：Methanogen。甲烷古菌。泛指在厭氧條件下合成甲烷的古細菌

④メタンガス：或稱爲「メタン」，指甲烷、沼氣。英語是methane。ガス（gas）指氣體

⑤キロワット時：千瓦時，或稱爲度。能量單位，指功率1千瓦的電器1小時所消耗的能量。符號是kwh（kilowatt hour的縮寫）

各地で記録的大雪　2万人が孤立

MP3
100

　2月14日から16日にかけて、大陸から冷たい空気が日本列島に流れ込んだところへ、本州の南沿岸に近づいた低気圧が湿った空気を運んできた影響で、関東甲信、①東北地方に記録的な大雪が降りました。②山梨県甲府市の114cm（過去30年の平均は約30cm）をはじめ、各地で観測史上もっとも多い積雪量を記録しました。

　消防庁によると、屋根から落ちてきた雪や建物の倒壊など、大雪が関係する事故で亡くなった人は全国で25人、けが人は約950人に上りました。また、③高速道路や④国道をはじめとする道路が雪で通行できなくなり、最長で72時間もの間、路上で多くの車が渋滞したまま前に進めなくなる事態も発生。多くの地域が外部との行き来ができない状態になり、食料や暖房に使う⑤灯油など物資の輸送もストップしました。なかでも山梨県は一時県全体が孤立するという異例の事態が発生し、各自治体のまとめによると、もっとも多いときで1都9県、2万人を超える人が孤立状態に陥りました。

科学

各地破紀錄大雪　兩萬人受困

　　2月14日到16日這幾天，由於大陸冷空氣流向日本列島時，碰到低氣壓往本州南部沿岸移動，帶來水氣，導致關東甲信及東北地方都降下破紀錄的大雪。各地都出現觀測史上最高的積雪量，例如山梨縣甲府市就高達114公分（過去30年平均約30公分）。

　　消防廳表示，大雪導致屋頂雪塊滑落、建築物倒塌等事故，全國有25人因此死亡，受傷人數高達950人左右。高速公路和國道等多數道路都因積雪無法通行，大量汽車卡在路上無法前進，時間最久的長達72小時。許多地區對外交通中斷，食物與使用暖氣所需的煤油等物資也無法運送。甚至山梨縣還曾一度全縣淪爲「孤島」。根據各地方政府的數據，最嚴重的時候，東京都加9個縣受困人數超過2萬人。

①東北地方：指位於本州東北部的6個縣（青森、岩手、秋田、宮城、山形、福島）

②山梨県：日本少數不靠海的縣之一，四周都是2000公尺以上群山

③高速道路：指「高速自動車国道」「自動車道」等收費的高速公路

④国道：「高速自動車国道」和「一般国道」的總稱，不過提到「国道」，通常指「一般国道」，多爲平面道路、免通行費

⑤灯油：煤油

若田飛行士、
日本人初の①国際宇宙ステーション船長に

去年11月から国際宇宙ステーション（ISS）に滞在している宇宙飛行士の若田光一さんが、日本時間の3月9日、ISSの第39次②コマンダー（船長）に就任しました。日本人飛行士がISSの船長になるのは初めてのことです。ISSでは日本時間9日の午後6時ごろ、第38次コマンダーであるロシア人飛行士から、若田さんに指揮権を③引き継ぐ④セレモニーが行われました。若田さんは1996年に初めて宇宙へ行ってから、全部で4回の飛行を経験していて、今回は2009年に続く2回目の長期滞在。ISSで医療・生命科学実験をはじめ、さまざまな任務に⑤たずさわっています。

ISSはアメリカ、ロシア、日本などの国が協力して建設した、全長約70mの巨大な実験施設です。地上から約400kmの上空にあり、地球の周りを1周約90分（時速約27,700km）というスピードで回りながら、実験・研究、地球や天体の観測などを行っています。若田さんはツイッターで毎日、宇宙から見た地球の様子を写真付きで報告しています。

科学

若田光一　日本第一位國際太空站站長

　　去年11月起一直待在國際太空站（ISS）的太空人若田光一，於日本時間3月9日，成爲ISS第39任指揮官（站長），也是ISS第一位日本站長。ISS在日本時間9日下午6點左右舉行交接儀式，由第38任俄羅斯站長把指揮權交接給若田光一。若田光一1996年首次飛往太空，總計有4次飛行經驗，這次是繼2009年之後第2次的長期停留。太空人在ISS從事醫療、生命科學實驗等各項任務。

　　ISS是一座全長約70公尺的巨大實驗設施，由美、俄、日等國共同建設而成。它位於距地表約4百公里的高空，以約90分鐘繞地球一周的速度（時速約27,700公里）飛行，同時進行實驗、研究，並觀測地球與其他星球。若田光一每天都會在推特上傳從太空看到的地球照片，報告他們所觀測到的地球。

若田光一さんTwitter：Koichi Wakata@Astro_Wakata

①国際宇宙ステーション（ISS）：國際太空站。ISS＝International Space Station
②コマンダー：＝commander。指揮官、司令官
③引き継ぐ：交接、接替
④セレモニー：＝ceremony。典禮、儀式
⑤たずさわっています：「たずさわる」指從事

著者介紹

加藤香織（かとうかおり）

出生於日本新潟縣。

學歷：

　津田塾大學學藝學部國際關係學科畢業

　一橋大學言語社會研究科修士課程修了

專攻：

　社會言語學

著作：

　快樂聽學新聞日語（鴻儒堂出版社，2013）

譯者介紹

林彥伶

學歷：

　東吳大學日本語文學系碩士

　日本愛知學院大學文學研究科博士

經歷（現任）：

　明道大學應用日語學系專任助理教授

翻譯作品：

　快樂聽學新聞日語（鴻儒堂出版社，2013）

　現今社會　看漫畫學日語會話（鴻儒堂出版社，2015）

快樂聽學新聞日語
聞いて学ぼう！ニュースの日本語

加藤香織　著／林彥伶　中譯

日本語でニュースを聞いて

日本の「今」を知る！

本書收錄日本「社會／政治經濟／科學
／文化」等各種領域的新聞內容，附mp3
CD，適合已有基礎日語程度的學習者。利
用本書可了解日本最新時事動態、強化聽
解能力，並可增加對於專業詞彙、流行語的理解。

🔵 附mp3 CD／售價350元

現今社會 看漫畫學日語會話
今の世の中　マンガで学ぶ日本語会話

水谷信子　著／林彥伶　譯

● **本書特點** ●

以簡單的日語會話，來探討現今社會上形
形色色的事，以及切身經歷的各種日本文
化，配合漫畫及各種例句，讓學習者從貼
近生活的對話中，輕鬆增進口語能力。

🔵 附mp3 CD／售價350元

國家圖書館出版品預行編目資料

快樂聽學新聞日語 / 加藤香織編著 ; 林彥伶譯. ——
　初版. —— 臺北市 : 鴻儒堂, 民105.08-
　冊 ;　公分
ISBN 978-986-6230-29-5(第2冊 : 平裝附光碟片)

　1.日語 2.新聞 3.讀本

803.18　　　　　　　　　　　　105011498

聞いて学ぼう！ニュースの日本語2

快樂聽學新聞日語2

附mp3 CD一片，定價：350元

2016年（民105年）　8月初版一刷

本出版社經行政院新聞局核准登記

登記證字號：局版臺業字1292號

著　　　　者：加　藤　香　織

譯　　　　者：林　彥　伶

封 面 設 計：盧　　啓　　維

發　行　所：鴻 儒 堂 出 版 社

發　行　人：黃　　成　　業

地　　　　址：台北市中正區懷寧街8巷7號

電　　　　話：02-2311-3823

傳　　　　眞：02-2361-2334

郵 政 劃 撥：01553001

E－ma i l：hjt903@ms25.hinet.net

鴻儒堂出版社設有網頁，歡迎多加利用
網址：http://www.hjtbook.com.tw